BoD

Buchbeschreibung:

Was macht man, wenn man gerade dreißig ist und sich plötzlich in einer Kirche wiederfindet, ein Brautkleid trägt und die eigene Mutter glaubt, man würde heiraten?

Das frage ich mich gerade. Ich bin Ella, eben diese vermeintliche Braut - dabei gibt es nichtmal einen Bräutigam! Zumindest keinen echten. Und doch sind wir hier, um zu heiraten. Nun ja, ich soll heiraten. Vielleicht sollte ich meine Mutter fragen, wen ich eigentlich heiraten soll. Allerdings habe ich ehrlich gesagt Angst vor der Antwort. Ich kenne ja meine Mutter.

Immerhin ist meine beste Freundin bei mir - die meine Mutter aber auch nicht von diesem Hochzeitswahnsinn abhalten konnte.

Wie ich hier gelandet bin? Das frage ich mich auch. Und ich erzähle es in diesem Buch.

Nachdem ich den Boden der Sektflasche gefunden habe.

Teil 1 der dreiteiligen Reihe

Über die Autorin:

Kölnerin aus ganzem Herzen, die ihrem Traum gefolgt ist, Bücher nicht nur für sich zu schreiben, sondern auch für andere zu veröffentlichen.

Annabell Schilling

Frag mich morgen nochmal

Liebesroman

Impressum

Es handelt sich um eine überarbeitete Neuauflage des bereits 2017 erschienenen Liebesromans. Am Inhalt und Ablauf der Geschichte hat sich nichts geändert. Kein Bezug zu lebenden oder bereits verstorbenen Personen.

Bibliografische Information der Deutschen Nationalbibliothek:
Die Deutsche Nationalbibliothek verzeichnet diese Publikation in der Deutschen Nationalbibliografie; detaillierte bibliografische Daten sind im Internet über http://dnb.dnb.de abrufbar.

© 2017 Annabell Schilling
        Nachtigallenstr. 30, 51147 Köln
        www.annabell-schilling.de

Cover: pexels.com

Herstellung und Verlag:
BoD – Books on Demand, Norderstedt

ISBN: 978-3-7519-3121-2

BoD

Wenn ich dein bin,
bin ich erst ganz mein.

Michelangelo

Kapitel 1

13. August 2016

Ein klein wenig fassungslos stehe ich vor dem körperhohen Spiegel. Gut, mehr als nur ein bisschen fassungslos. Immerhin ist Samstag, ich befinde mich im Pfarrheim einer mittelgroßen katholischen Kirche in einem kleinen Ort im Rheinland und trage allen Ernstes ein Brautkleid. Als würde ich heute heiraten.

Nun ja, meine Mutter glaubt, dass ich heute heiraten werde. Genau wie mein Vater. Und die gut zweihundert geladenen Gäste, die angeblich genau jetzt draußen in der Kirche auf uns warten. Genauer: auf mich warten. Woher ich die Zahl kenne? Meine Mutter hat sie mir eben verraten. Vielmehr: Sie hat sie mir um die Ohren gehauen mit dem Hinweis, dass ihr das alles zu lang dauert heute.

Allerdings bin ich immer noch überfordert mit der Situation und glaube nicht wirklich, dass ich hier stehe, in einem Brautkleid, in einer Kirche.

Ich habe immer wieder versichert, dass es heute keine Hochzeit geben wird, doch das war meiner Mutter egal. Dass auch meine beste Freundin Mona es ihr erklärt hat, als wir drei gemeinsam unterwegs waren, war ebenso egal. Für meine Mutter war das nur eine Verschwörung unter Freundinnen, um ihr eine Hochzeit vorzuenthalten. Was genau sie damit gemeint hat, ist uns allerdings nicht klar.

Lange Zeit hatte ich den Verdacht, meine Mutter fühle sich dazu geboren, meine Hochzeit auszurichten. Heute bin ich davon überzeugt. Ihr größter Traum ist es, mich in einem Brautkleid zu sehen – das war schon immer so. Kaum habe ich mich als kleines Mädchen das erste Mal verkleiden wollen, hat sie mit mir an der Hand den nächsten Brautladen gestürmt und mir ein Brautkleid im Miniformat besorgt. Und das ging mein Leben lang so weiter.

Der erste Abschlussball, auf dem ich war? Ginge es nach meiner Mutter, wäre ich in einem weißen Albtraum aus Taft und Tüll und Spitze aufgeschlagen. Dabei war es nichtmal *mein* Abschlussball, ich war nur die Begleitung für Thomas, den schüchternen und datelosen Sohn unserer Nachbarn.

Wobei wir beim nächsten Punkt sind. Meine Mutter hätte gern gehabt, dass ich Thomas heirate. „Er wird es mal zu was bringen", war ihr Lieblingssatz. Und sie hat darauf gepocht, dass ich zwar eine gute Ausbildung brauche, aber mit Thomas an meiner Seite nicht lange würde arbeiten müssen. Wenn das erste Kind unterwegs wäre, hätte ich zu Hause bleiben können. Zumindest in ihren Augen. Meine Meinung zu diesem Punkt hat nie interessiert. Schließlich ist sie das Gegenteil von dem, was meine Mutter sich für mich wünscht.

Bitte nicht falsch verstehen, ich bin bei Weitem keine Karrierefrau. Aber ich habe einen Job, den ich mag. Wirklich mag. Ich arbeite in einer kleinen Werbeagentur und bin glücklich. Als Sekretärin, wenn es auch nicht das ist, was ich in meiner Ausbildung gelernt habe. Und ich habe einen sehr netten Chef. Zwar keinen Bilderbuchmillionär, der mich jeden Tag über den Schreibtisch legt, aber das brauche ich auch nicht. Schließlich sind wir hier nicht in einem Kitschroman, sondern in meinem Leben. Ich brauche gar keinen Mann.

Womit wir wieder beim Thema wären. Und bei mir. In einem Brautkleid. In einer Kirche. Mit meiner besten Freundin Mona auf dem Sofa hinter mir, die beinah so verzweifelt aussieht, wie ich mich fühle und den Sekt zur Beruhigung direkt aus der Flasche trinkt.

„Sie hat das echt durchgezogen", flüstert sie – zugegeben recht laut – vor sich hin.

„Jepp", ist alles, was ich dazu noch sagen kann. Immerhin stehe ich hier. Ich weiß, ich

wiederhole mich – aber ich trage ein Brautkleid. Einen Albtraum aus weißer Spitze
und Tüll und Taft. Und ich glaube, an der
Schleppe sind noch Rüschen. Und was weiß
ich noch alles. Das kann nur ein schlechter
Traum sein.

Meine Mutter warf mir einen vorwurfsvollen Blick zu, als ich die Türen des Trucks schloss und mich glücklich grinsend dagegen lehnte.

Truck ist etwas übertrieben. Es war nur einer dieser großen Transporter, wie ihn Paketzusteller benutzen. Gemessen an meiner kleinen Körpergröße jedoch wirkte er für mich wie ein Truck. Und er war voll. Mit Kisten. Meinen Kisten. Denn heute war es so weit, heute würde ich ausziehen. Endlich.

„Ellijonora! Du ruinierst deine Jacke!" Meine Mutter klang empörter, als sie aussah. Aber sie hatte immerhin die Stirn gerunzelt, was mich beinah hätte lächeln lassen. Sie riskierte Falten, nur weil ich mich in meiner hellen Strickjacke gegen ein möglicherweise dreckiges Auto lehnte. Als ob sie meine Sachen waschen müsste. Per Hand.

Innerlich schüttelte ich den Kopf, äußerlich zeigte ich nur weiter mein Grinsen.

Übrigens, Ellijonora, das bin ich. Und ja, das wird tatsächlich so geschrieben. Meine Mutter mag ausgefallene Namen. Schließlich lautet unser Nachname nur Hansen und da sollte mein Vorname schon deutlicher zeigen, was für Potential in mir schlummerte.

Wie man das in den paar Stunden nach der Geburt, die einem für die Wahl eines Namens blieben, erkennen konnte, das konnten wahrscheinlich nur Mütter beurteilen und zu diesem Kreis gehörte ich noch nicht. Meine Mutter jedoch hatte mein Potential sicher schon geahnt, als ich noch in ihrem Bauch wohnte. Ich traute mich nur nicht, sie danach zu fragen.

Die Erzählungen, was für schreckliche Wassereinlagerungen ich ihr mitten im Hochsommer beschert hatte, wollte ich nicht noch einmal hören. Als hätte *ich* entschieden, dass sie ausgerechnet dann schwanger sein sollte. In meinen Augen konnte ich da doch am wenigsten für. Aber was wusste ich schon, ich war schließlich nur die Tochter.

Jedenfalls war ich in den Augen meiner Mutter als Krankenschwester unterfordert. Wobei das auch wieder so eine Sache ist. Eigentlich ist es der Wunschtraum meiner Mutter, dass ich sie zur Großmutter mache, ohne sie alt zu machen, was auch immer das bedeuten mag. Versteh einer die Welt, ich tu es nicht. Den Punkt, warum meine Berufung als Krankenschwester nicht reichte, verstehe ich also nicht. Immerhin sollte ich ja nicht lang arbeiten. Und ja, ich sehe

Krankenschwester zu sein als meine Berufung. Ich ging voll auf in meinem Job.

Aber das war jetzt vorbei. Ich zog heute endlich von zu Hause aus.

Allerdings nicht wie ursprünglich geplant mit meinem Fast-Verlobten in unser gemeinsames kleines Häuschen, nur einen Steinwurf von unseren Familien entfernt. Sondern nach Hamburg, in eine eigene Wohnung ganz für mich allein. Um dort in einer kleinen Privatklinik weiter als Krankenschwester zu arbeiten. Beinahe fünfhundert Kilometer von zu Hause weg. Meinem bisherigen Zuhause.

„Mutter, ich werde die Jacke einfach in die Waschmaschine stecken", versuchte ich sie zu beruhigen.

„Aber unsere Waschmaschine ist neu und ich habe kein Waschmittel mehr für Wolle da, das geht so nicht. Und wenn die Flecken erst einmal eingetrocknet sind ..."

Ich schaltete ab. Ihre endlosen Monologe über *was-auch-immer* konnte ich nur schwer ertragen. Noch dazu wollte ich mir die Vorfreude auf die Fahrt nicht nehmen lassen.

„Hast du mir überhaupt zugehört, Ellijonora?", keifte meine Mutter plötzlich direkt neben mir los. Autsch. Meine Ohren klingelten.

„Mutter, die Fahrt wird die Jacke schon überstehen. Ich rufe dich an, sobald ich in Hamburg angekommen bin und die ersten Sachen in die Wohnung getragen habe. Ich werde schon klarkommen. Jetzt muss ich aber fahren, sonst stehe ich im Stau und die Kilometer ziehen sich noch länger. Meine Waschmaschine in Hamburg funktioniert so, wie deine alte hier, das sollte ich schaffen."

„Kind, du kannst doch nicht einfach so ausziehen!"

Einfach so. Ja klar. Ich weiß nicht, wie oft ich ihr in den Monaten seit der Trennung von Markus gesagt habe, dass ich die Stadt verlassen werde. Aber sie hat mir nicht zugehört, wie so oft. Wie eigentlich immer.

Wahrscheinlich glaubt sie sogar, dass ich zu Markus fahre und die Sachen in unser Haus stelle. Das nicht unser Haus geworden ist, sondern seines. Und das von ...

Egal, ich wollte mich da nicht wieder reinsteigern, es brachte nichts, tat nur wieder weh.

Also ließ ich mich nicht weiter vom Gekeife meiner Mutter ablenken, sondern nahm sie kurz in den Arm, achtete aber tunlichst darauf, ihre Sachen nicht zu zerknittern, und stieg in den Wagen. Aus Rücksicht auf meine Mutter fuhr ich langsam um die

Ecke, bevor ich die Musik voll aufdrehte und Gas gab. Hamburg erwartete mich!

Kapitel 2

13. August 2016

„Das ist ein furchtbarer Albtraum!", stürmt meine Mutter laut rufend in den Raum und wirft die schwere Holztür hinter sich zu, was laut knallt. Ich bin verwundert. Erstens ist sie – ich glaube zum ersten Mal in meinem Leben – mit mir einer Meinung. Und zweitens noch dazu lautstark. Sie ist eigentlich ein ruhiger Mensch, wird nie laut, vermeidet es ständig, auch nur ansatzweise Krach zu machen. Noch verwunderter bin ich jedoch, als sie Mona die Sektflasche aus der Hand nimmt und selbst einen großzügigen Schluck trinkt. Oder zwei. Oder mehr. Direkt aus der Flasche.

Meine Mutter ist normalerweise sehr auf Etikette bedacht und würde NIE direkt aus der Flasche trinken. Dachte ich zumindest bis heute. Aber heute stecke ich ja auch in einem Albtraum fest, da gelten scheinbar andere Regeln, die ich noch nicht kenne.

„Ich weiß, Mutter. Ich habe es dir gesagt", seufze ich und kann meinen Blick nicht von diesem grauenhaften Spiegelbild nehmen. Es ist wie ein Unfall. Man ekelt sich, gruselt sich vielleicht auch ein wenig, aber man kann auch um keinen Preis wegsehen. „Wir beide, Mona und ich, haben dir gesagt, dass es keinen Bräutigam gibt. Aber du wolltest nicht auf uns hören und hast alles hinter unserem Rücken organisiert. Es gibt heute keine Hochzeit, Mutter. Schick die Leute bitte endlich nach Hause."

Ich will nicht da raus gehen und mich vollends blamieren. Nur weil *meine Mutter* dazu neigt, mir nicht zuzuhören, ja nicht mal hinzuhören, wenn ich etwas sage, stecken wir schließlich in diesem Albtraum. Stecke *ich* in diesem Albtraum aus weißer Spitze.

Sie schnaubt sehr undamenhaft durch die Nase und trinkt einen weiteren Schluck Sekt direkt aus der Flasche.

„DAS wäre nur halb so schlimm!", ereifert sie sich, was mich dazu bringt, die Stirn so sehr zu runzeln, dass das perfekte Make-up sich beinahe freiwillig aus meinem Gesicht verzieht. Eines muss man Mona lassen. Als Stylistin hat sie mich perfekt aussehen lassen. Haare, Make-up – es ist ein Traum. Dafür liebe ich sie. Auch wenn es umsonst gewesen ist. Aber wir hatten unseren Spaß. Mit drei Flaschen Sekt.

„Was kann denn schlimmer sein als eine abgesagte Hochzeit?", fragt Mona allen Ernstes und tritt neben mich vor den Spiegel. Eigentlich hat sie Recht, denn *eigentlich* sollte das für meine Mutter der Supergau sein, wenn man die Arbeit und die Kosten bedenkt, die sie in den Tag investiert hat. Es wird keine Hochzeit geben, ihr Wunschtraum wird sich weder heute noch sonst wann erfüllen.

„Da sind ZWEI Männer, die behaupten, der Bräutigam zu sein. ZWEI!" Meine Mutter reißt die Arme hoch und verschüttet dabei einen ordentlichen Schluck Sekt auf den tollen hellblauen Teppich und das beige Sofa. Schade um den Alkohol, wirklich.

Ich bin für einen Moment so geschockt, dass ich glaube, ohnmächtig zu werden, und kann nur noch kieksen. „Zwei?"

„Ja, wenn ich es doch sage!", schreit sie so laut, dass ich glaube, man kann sie noch bis zu meiner Wohnung in Hamburg hören. Die immerhin fast fünfhundert Kilometer entfernt ist. Oder waren es fast sechshundert? Aber das macht an dieser Stelle wohl keinen großen Unterschied. „Ellijonora Marie Hansen! Was hast du dir nur dabei gedacht? Dieser SKANDAL!"

Ja, sie neigt dazu, zu übertreiben. Übrigens nicht nur mit meinem Namen. Und ich wünsche mir nicht zum ersten Mal im Leben, dass sie mir endlich mal zuhören würde. Doch gerade jetzt wünsche ich mir vor allem eines – dass sich neben mir ein schwarzes Loch auftut und mich zurück in die Realität bringt. Weg aus diesem Albtraum. Damit würde ich dann eine Theorie von Stephen Hawking beweisen, wäre ein netter Nebeneffekt. Ich sehe es schon in der Zeitung *„Ella Hansen beweist Existenz von Wurmlöchern"*, oder so.

„Oh", ist alles, was ich dann noch über die Lippen bringe, als mich der Albtraum wieder vollends einholt, und ich mich nach hinten sinken lasse. Wo Mona – Gott sei Dank – mir bereits einen Stuhl hingeschoben hat. Mit ihrem nächsten Satz bringt sie das Drama auf den Punkt.

„Cool, da brauchen wir Wodka. Denn zwei potenzielle Bräutigame sind einer zu viel, dafür, dass es eigentlich gar keinen gibt."

Sie kichert. Und ich wünsche mir eine Ohnmacht. Oder eben das schwarze Loch. Denn irgendwo in ihrer Argumentation schreit mich ein Fehler an, ich kann ihn aber nicht ganz greifen. Zwei. Einer. Keiner. *Hä?*

Und was tut meine Mutter derweil? Sitzt weiter auf dem Sofa und schimpft mit mir, wie ich zwei Männer am gleichen Tag heiraten wollen kann.

Tja ... Albtraum. Sag ich doch.

Es war nach 10 Uhr abends, als ich endlich den letzten Karton aus dem Wagen nahm und mich daran machte, die Stufen bis in den vierten Stock in mein kleines Apartment unter dem Dach zu erklimmen. Gerade im zweiten Stock angekommen, öffnete sich plötzlich die Tür neben mir und eine junge Frau schaute mich wütend an, nur um im nächsten Moment aufzuleuchten wie ein Baustellenstrahler. Kennt man doch, diese ewig großen Dinger, mit denen man auch in dreißig Kilometern Entfernung noch alles sehen kann. Wirklich *alles*.

„Hey, ziehst du gerade ein?", fragte sie und ich wiederum fragte mich, ob das nicht offensichtlich war, so durchgeschwitzt wie ich war und mit einem vollen Umzugskarton in den Armen.

„Äh, ja, ganz nach oben."

„Cool, ich dachte schon, das sei die Meier von unten, die wieder Kontrollgänge macht. Und um diese Zeit will ich einfach nur meine Ruhe haben. Brauchst du noch Hilfe?"

Langsam wurde der Karton in meinen Armen wirklich schwer. Mist, ich hätte im Fitnessstudio mehr Gewichte stemmen sollen. Doch dazu hätte ich wohl überhaupt erst einmal ins Fitnessstudio gehen müssen.

„Nee, bin jetzt durch, danke. Bin ab jetzt auch ruhig."

„Cool." Das schien ihr Lieblingswort zu sein. Ich war mir nicht sicher, ob ich das niedlich oder nervig fand. „Ich bin übrigens Mona."

„Freut mich, ich bin Ella, kann dir nur leider nicht die Hand reichen."

Sie lachte. Ein glockenhelles, freundliches Lachen. Ich musterte sie unauffällig. Sie war größer als ich, was zugegeben nicht schwer ist, da ich gerade mal ein Meter dreiundsechzig messe. Klein, aber fein. Und sie war schlank. Sehr schlank. Dazu ein wirklich auffallend hübsches Gesicht, lange, schwarze Haare, die ihr in leichten Wellen über die Schultern fielen und eine tolle Augenfarbe. Graugrün mit kleinen karamellfarbenen Sprenkeln. Hätte ich auch gern, schließlich waren meine Augen einfach nur grau. Betongrau, ohne Besonderheiten. Alles in allem schien Mona das komplette Gegenteil von mir zu sein.

„Freut mich, Ella. Vielleicht sehen wir uns die Tage nochmal." Und schon war die Tür wieder zu.

„Ist da jetzt bald mal Ruhe?", schoss eine unfreundliche weibliche Stimme von unten hoch, als ich schnaufend die letzten Stufen erklomm. Das musste dann wohl Frau Meier gewesen sein, wenn ich Monas Aussage richtig verstanden hatte.

Das versprach ja lustig zu werden hier im Haus.

Ich erklomm die letzten Stufen und stellte den Karton glücklich im Wohnzimmer zu den anderen und ließ mich innen an der geschlossenen Tür nach unten sinken. Ich war fertig. Zumindest mit dem Reintragen der Kartons. Möbel würde ich in den nächsten Tagen noch kaufen müssen, denn außer einem kleinen Couchtisch, zwei Klappstühlen und meiner durchgelegenen Matratze hatte ich nichts mitgenommen. Ich wollte einen kompletten Neustart, ohne jedwede Erinnerung an mein altes Leben.

Dennoch – ich war glücklich wie nie zuvor. Ich hatte meine erste eigene Wohnung, war mit vierundzwanzig Jahren endlich von zu Hause ausgezogen. Noch dazu hatte ich eine Woche frei, bis mein neuer Job startete. Eigentlich müsste ich Markus dankbar sein, dass ich zum ersten Mal auf eigenen Beinen stand, weil er sich nicht an sein Versprechen gehalten hatte. Trotzdem konnte und wollte ich ihm nicht einmal das gönnen.

Kapitel 3

13. August 2016

Ich glaube, ich habe mich mehrere Minuten in Schockstarre befunden, als es herrisch an die Tür klopft. Herrisch bedeutet, dass es eigentlich nur mein Vater sein kann. Bevor ich entscheiden kann, ob es sinnvoll ist, ihm die Tür zu öffnen oder lieber nicht, weil er vielleicht noch mehr schlechte Nachrichten bringt, hat Mona die Tür auch schon aufgerissen.

„Herr Hansen, wie cool Sie heute auch hier zu sehen!"

Sie fällt meinen Vater um den Hals, was ein deutliches Zeichen dafür ist, dass sie zu viel getrunken hat. Dieser weiß nicht so recht, wie er damit umgehen soll, tätschelt ihr nur leicht den Rücken, schiebt sie zurück in den Raum und schließt die Tür hinter sich. Er kommt zu mir, stellt sich neben mich vor den Spiegel und stellt so Blickkontakt zu mir her. Direkter Blickkontakt war noch nie seine Stärke.

„Also, mein Kind, was machen wir jetzt?", fragt er. Und auch wenn ich weiß, dass es unhöflich ist und er mir eigentlich etwas anderes beigebracht hat (er ist

Lehrer!), zucke ich nur mit den Schultern, statt etwas zu sagen.

„Wie viele Männer stehen da denn jetzt und glauben, mich heute zu heiraten?" Gut, das ist dann der Beweis, dass ich entweder:

a) verrückt geworden bin,

b) mittlerweile zum Hochzeitsglauben meiner Mutter konvertiert bin, oder

c) vielleicht auch ein klein wenig zu viel getrunken habe.

Mona kichert. Meine Mutter schimpft. Und mein Vater schmunzelt. Ich glaube, das habe ich schon lang nicht mehr gesehen. Also scheint der Tag doch etwas Gutes zu haben.

„Da stehen zwei, Markus und Alexander."

Ich revidiere meinen letzten Gedanken. Nichts an diesem Tag ist gut. Er ist noch schlimmer als bisher angenommen.

Es fällt mir sehr schwer, trotzdem frage ich: „Wer ist Alexander?", während meine Mutter zeitgleich „Und warum ist Leopold noch nicht da?", fragt und irgendwie unter ihrem Make-up immer blasser wird.

Albtraum? Kann ich!

Wände streichen war verdammt anstrengend. Ich wusste nicht, ob es daran lag, dass ich dauernd auf den Stuhl klettern musste, um bis oben an die Ecke zur Decke zu kommen (Leitern werden vollkommen überbewertet, wenn man mich fragt), oder daran, dass ich es einfach nicht gewohnt war, so viel Auf und Ab zu fahren mit den Armen.

Ich war froh, als ich endlich das Schlafzimmer fertig hatte. Zwei Wände erstrahlten in einem hellen Grün, eine weitere hatte ein sattes, dunkles Himbeerrot bekommen. Die letzte Wand würde bleiben wie sie war, da würde mein Kleiderschrank vor stehen, also konnte ich mir das Streichen getrost sparen.

Fehlte nur noch das Wohnzimmer. Die offene Küche brauchte ich zum Glück weder streichen noch einrichten, das war bereits erledigt gewesen. Das Wohnzimmer würde ich mir erst in zwei Tagen vornehmen, denn ich hatte die leise Ahnung, dass ich mich vor lauter Muskelkater nicht eher würde bewegen können. Da aber mein neues Bett und der Kleiderschrank schon morgen geliefert werden sollten, hatte ich keine andere Wahl gehabt, als jetzt zu streichen.

Denn wenn es etwas gab, dass ich noch weniger konnte als Wände zu streichen, dann war es Möbel verrücken. Ich mochte als Krankenschwester ja Patienten bewegen können, aber die waren doch handlicher als so ein Schrank.

Erschöpft ließ ich mich rücklings auf den Boden sinken, streckte meine Arme weit von mir. Ich wusste, dass ich eigentlich aufstehen sollte, um die Farbrolle und den Pinsel auszuwaschen, und vor allen Dingen mich selbst zu waschen. Das noch mehr als alles andere. Aber so da zu liegen ...

Ich hatte keine alten „Renovierklamotten" wie wohl sonst jeder in diesem Land. Ich musste mir anders behelfen. Als praktisch veranlagte Krankenschwester war ich auf die Idee gekommen, dass Haut sich einfacher von Farbe befreien lassen sollte als Kleidung. Also war es nur logisch, im Bikini zu streichen. Warm genug wurde mir dabei ja schließlich.

Dass das keine gute Idee gewesen war, stellte ich unter der Dusche fest. Farbe ließ sich doch nicht *mal eben schnell* von der Haut waschen. Was hatte ich mir nur dabei gedacht?

Ich war gerade dabei, die letzten Reste Duschgel abzuspülen, als es an meiner Tür klopfte. Keine Ahnung, wer das sein konnte, eigentlich erwartete ich niemanden und wollte auch niemanden sehen. Und doch siegte meine Neugier, ich trat aus der Dusche, schlang mein größtes Handtuch um mich und rief „Bin sofort da", während ich zur Tür tapste und dabei Wasserflecken auf dem Boden hinterließ.

Als ich die Tür öffnete, blickte ich direkt in Mona's funkelnde Augen.

„Hey, hast du Lust, ein Bier trinken zu gehen? Meine Lieblingsbar ist direkt um die Ecke. Ist voll cool da. Also was ist, kommst du mit?" Sie zog beide Augenbrauen hoch, als würde sie schon seit Stunden auf meine Antwort warten.

Eigentlich hatte ich keine Lust. Eigentlich wollte ich mich nur noch hinlegen und schlafen. Aber auf der anderen Seite kannte ich sonst noch niemanden in Hamburg, nicht mal Mona wirklich und wo man abends gut weggehen konnte, wusste ich noch weniger. Vermutlich war es eine gute Idee und ich hatte mir geschworen, keine guten Ideen mehr ungenutzt verstreichen zu lassen.

„Klar, muss mich nur eben anziehen."

„Ähm ...", begann sie, als ich mich gerade umdrehte. „Du hast da was am Rücken."

„Oh, wahrscheinlich noch Farbe, die wird schon irgendwann abgehen. Bin gleich wieder da."

Kapitel 4

13. August 2016

„Markus?", fragt Mona leicht panisch, was ich nicht so ganz verstehe. Na gut, wäre ich nüchtern und wach, würde ich es schon verstehen. Glaube ich zumindest, aber Denken fällt mir derzeit auch schwer.

Die Trennung von Markus und mir ist Jahre her. Und sie verlief nicht gerade freundschaftlich. Dass er jetzt hier ist, ist komisch, irgendwie. Wie der ganze Tag. Das würde aber nur Unglauben in ihrer Stimme erklären, nicht aber Panik. Zumindest reimt mein Gehirn sich das gerade irgendwie zusammen.

Ehrlich, ich sollte nie wieder trinken.

Nie wieder meiner Mutter erlauben, meine Hochzeit zu planen.

Über den Gedanken muss ich kichern. Als würde ich ihr so etwas je erlauben. Ich habe ihr das hier schon nicht *erlaubt* und wir sehen ja, wohin es mich gebracht hat. Ich stecke im Mist. Weißem Tüllmist.

Mein Vater dreht sich zu mir und sieht mich nachdenklich an. Dann sieht er zu meiner Mutter. „Warum sollte Leopold hier sein?"

Irgendwie beruhigt es mich, dass er nicht schlauer ist als ich.

„Eigentlich sollte keiner hier sein", seufze ich und greife nach seiner Hand. „Papa, das ist alles ein Irrtum. Ich heirate nicht. Das ..."

Weiter komme ich nicht, denn plötzlich schrillt irgendwo ein Handy. Ich brauche ein paar Sekunden, um die Melodie zu erkennen. *Highway to hell.*

Mona beginnt hektisch in ihrem Ausschnitt zu wühlen. Ich frage mich immer wieder, wie sie es schafft, ihr riesiges Smartphone nahezu unsichtbar in ihren Oberteilen zu verstecken. Nicht nur heute, auch sonst, wenn wir zusammen ausgehen.

Mal ausgehen, so müsste es lauten. Wir sind beste Freundinnen, aber zusammen ausgehen funktioniert nicht wirklich. Mona ist eine Tanzmaus, ich nicht, ich habe zwei linke Füße. Noch dazu mögen wir unterschiedliche Musik. Ich bin eher so der Typ Frau, der in eine Bar geht, um sich nett unterhalten zu können. Ja, auch mal tanzen, aber nicht so viel. Und nur, wenn mir ein Mann wirklich gefällt und mich dazu auffordert. Und auch nur, wenn Rock im Hintergrund läuft. Allein zu tanzen ist nicht mein Ding. Mona dagegen steht mehr auf Elektro und Pop. Das macht alles etwas schwieriger.

Nur in unserer Lieblingsbar sind wir beide zufrieden. Aber immer nur ins *Viper* zu gehen macht auch keinen Spaß, wie sehr ich die Bar auch liebe.

Der Refrain ist noch nicht ganz verklungen, da hat Mona ihr Handy endlich befreit und keucht ein atemloses „Hey, wo bleibst du, verdammt nochmal" in den Hörer.

Ooookay. Das verstehe ich nicht. Das klingt, als würde sie noch jemanden erwarten. Ich würde sie gern fragen, kann aber nicht, weil es unhöflich ist, sie mitten im Telefonat zu unterbrechen. Vor allem, wenn mein Vater neben mir steht und mir dafür mit Sicherheit die Ohren langzieht. Oder mich Lateinvokabeln abfragt. Das kommt am Ende aufs Gleiche raus.

Während Mona irgendwas in ihr Telefon flüstert, wühlt meine Mutter in ihrer Handtasche und holt ebenfalls ein Telefon hervor. Machen wir jetzt eine Telefonkonferenz?

Ich kichere wieder leise und handele mir damit einen tadelnden Blick von meinem Vater ein. Also beiße ich mir auf die Zunge und versuche ruhig zu bleiben, klappt nur nicht wirklich. Erst als ich höre, was meine Mutter da in ihr Telefon sagt, bin ich vollends ruhig. Weil ich nicht mehr atmen kann.

„Bring Thomas her, wir brauchen einen richtigen Bräutigam!"

Darf ich *jetzt* endlich ohnmächtig werden? Bitte?

Mona ist jemand, der gern redet. Spätestens auf dem Weg in die Bar wurde mir das klar. Sie redete ohne Punkt und Komma, ließ mich kaum zu Wort kommen, was mich aber insgeheim erleichtert aufatmen ließ. Ich fühlte mich erschlagen und die Bar schien weiter weg zu sein als angenommen, zumindest konnte ich keine Bar erkennen, als ich mich neugierig umsah.

Ein paar Meter weiter blieb Mona vor einer großen roten Tür stehen und zog an der silbernen Griffstange, die von oben bis unten über die Tür reichte.

„Da sind wir!" Sie klang unglaublich feierlich, ich runzelte aber nur die Stirn.

Unter einer Bar verstand ich irgendwie etwas anderes. Hier gab es nicht einmal ein Schild, das einem sagte, dass man vor einer Bar stand. Musste ja ein super Geheimtipp sein. Und damit war für mich klar, dass es nicht gut werden konnte. Wahrscheinlich wurde da drin sogar immer noch geraucht. Wäre ja möglich, wenn niemand wusste, dass hier eine Bar war. Dann konnte ja auch niemand kontrollieren, was hinter der geschossenen Tür geschah.

Sie zog kräftig an der Tür und ging zuerst hinein, winkte wie wild mit der Hand, damit ich ihr folgte. Ich ergab mich. Hoffentlich gab es wenigstens kalte Getränke.

Wir folgten einem kleinen Flur, nur um dann vor einer weiteren Tür zu stehen. Was war das hier? Der Weg in einen geheimen Club? Hatte sie vielleicht irgendwas anderes mit geheim gesagt in ihrem Monolog, ich hatte aber nur Geheimtipp verstanden? So geheim, dass man nicht mal wissen sollte, wo man rauskam, wenn man schon den Eingang nicht gut finden konnte? Mist, ich hatte zu gut gelernt wegzuhören, wenn meine Mutter ihre Monologe hielt, jetzt würde ich dafür bezahlen.

Hinter der Tür stockte mir für einen Moment vor Überraschung der Atem.

Ich war mir nicht sicher, was ich erwartet hatte. Vielleicht Ketten, die von der Decke hingen, schummrige Beleuchtung, schlechte Musik, ekelhafte Kerle und halbnackte Mädchen auf den Tischen. Hey, immerhin waren wir hier in Hamburg, auch wenn der Kiez eine ganze Ecke weg war. Aber man wusste ja nie. Vor allem *ich* wusste ja nie so genau, woran ich eigentlich war.

Was sicherlich mit daran lag, dass ich in den letzten Jahren kaum ausgegangen war. Markus war da nicht so der Fan von. Wir waren jeden Freitag essen gegangen – in das immer gleiche Restaurant. Nur an Jahrestagen und meinem Geburtstag haben wir ein anderes Restaurant besucht, eines, das ich aussuchen durfte.

Ins Kino sind wir auch gegangen, allerdings immer nur samstags, niemals sonst. Und in eine Bar oder gar tanzen zu gehen kam erst recht nicht in Frage.

Markus hatte immer behauptet, er sei nicht der Typ dafür. Ich habe ihm damals geglaubt, mittlerweile wusste ich es jedoch besser. Aber gut, die *Lokale*, die er scheinbar aufzusuchen pflegte, wären wirklich nichts für mich gewesen.

Jedenfalls war ich positiv überrascht von dieser Bar. Die Wände erstrahlten in einem hellen Creme, der Boden war aus einem tiefbraunen Holz, wirkte beinahe schwarz. Überall verteilt standen kleine Tische, an denen mal nur zwei, mal bis zu sechs Leute Platz fanden, in urigen Clubsesseln in dunklem rot und braun, die einfach nur irre gemütlich wirkten.

An den Wänden hingen Bilder, unzählige Fotografien in Schwarzweiß. Darauf war alles Mögliche zu sehen: Landschaften, Gebäude, der Hamburger Hafen, Menschen, Paare, Blumen, hier und da ein Tier. Ich war ehrlich begeistert.

Der Raum war recht hell, jedoch ohne zu blenden. Das musste an der indirekten Beleuchtung liegen, die wirklich fantastisch wirkte.

Wer auch immer das hier eingerichtet hatte, ich sah und spürte die Liebe zum Handwerk.

Ich drehte mich nach rechts, entdeckte die eigentliche Bar und kam erst recht ins Staunen. Ich hatte schon ein paar tolle Bartresen gesehen, aber dieser hier schlug alles.

Erwartet hätte ich – angesichts der sonstigen Einrichtung – ein riesiges Holzmonstrum, vielleicht mit moderner Beleuchtung oder Metallelementen. Oder Leder.

Aber vor mir erstrahlte eine lange Theke aus beleuchteten Glasbausteinen, die ein Muster formten. Da aber einige Gäste direkt an der Bar saßen, konnte ich es nicht vollständig sehen. Ein grünes Muster in sonst mattweißen Steinen.

Und erst die ganzen Flaschen hinter der Theke! Mein Auge kam kaum hinterher, alles zu erfassen. Unwillkürlich ging ich weiter auf die Theke zu, kümmerte mich nicht um Mona.

Da stand alles auf den Glasregalen vor der Spiegelwand, was das Herz begehrte. Wodka, Gin, Rum, vereinzelte Bierflaschen,

Liköre und vor allen Dingen – Whisky. Zig verschiedene Sorten. Nicht das billige Supermarktzeug, sondern wirklich erlesene Sorten. Sorten, die ich meinem Vater jedes Jahr zu Weihnachten und zum Geburtstag schenkte, weil sie teilweise so teuer waren, dass er sie sich nie einfach so kaufen würde. Er war sparsam, aber er liebte guten Whisky. Und ich liebte meinen Vater, also gab ich das Geld gern für ihn aus.

„Wow!", brachte ich irgendwann immer noch atemlos heraus. Mona lachte neben mir auf und hakte sich bei mir unter, was recht lustig aussehen musste, war sie doch eh schon mehr als zehn Zentimeter größer als ich und trug heute im Gegensatz zu mir hohe Schuhe. Sie zog mich langsam aber sicher auf die Theke zu.

„Willkommen im *Viper*, meinem zweiten Wohnzimmer." Sie kicherte und sicherte uns zwei der Barhocker. Einen Moment lang hatte ich die Befürchtung, dass ich da nicht raufkam – vor dem Problem hatte ich in meiner Heimat im Lieblingsclub einer Freundin und mir gestanden. Aber diese Hocker hier hatten zwei Zwischentritte, auf denen man nicht nur super die Füße abstellen konnte, sondern dank derer ich quasi hochklettern konnte, ohne mich zu blamieren.

Jepp, ich mochte den Barbesitzer jetzt schon, wer auch immer das war.

„Hey Ladys, was darf es sein?", begrüßte uns ein bärtiges Gesicht. Für einen Moment stockte mein Atem. Der Kerl sah aus, als käme er direkt aus dem Wald. Oder einer Rockerkneipe. Breiter Oberkörper, dichter Bart, Holzfällerhemd, Lederweste. Was er sonst noch trug, konnte ich nicht sehen, allerdings war es wohl kaum eine Anzughose.

Sein Anblick sorgte dafür, dass ich mich vorsichtig umsah, wie das Publikum hier sonst war. Fehlte noch, dass wir tatsächlich bei einer Motorradgang oder so gelandet waren. Es würde zu meinem Glück der letzten Monate passen.

Ein schneller Blick in die Runde beruhigte mich jedoch. Die Gäste waren bunt gemischt. Ein älteres Paar in einer scheinbar ruhigen Ecke, einige Tische mit Leuten in unserem Alter, und Rocker waren keine zu sehen. Also drehte ich mich lächelnd zum Barkeeper. „Hey, ich hätte gern eine Cola."

„Kommt sofort. Du musst neu sein hier, hab dich noch nie gesehen", begann er ein Gespräch und Mona lachte laut auf. Noch so etwas, was sie gern tat.

„Du musst wissen", erklärte sie, „dass Bobby *nie* ein Gesicht in dieser Bar vergisst.

Dafür würde er dich im Supermarkt nicht mehr erkennen."

„Das ist ja auch ne andere Umgebung", grinste er sie an. „Aber im Ernst, wo kommst du her?"

„Ella ist neu bei uns ins Haus gezogen", übernahm Mona wieder für mich und ich kam mir ein wenig überflüssig vor. Ich war froh, als Bobby die Cola vor mir abstellte. Dann konnte ich wenigstens etwas trinken, um mich zu beschäftigen.

„Ach, sieh an. Und von wo bist du hergezogen?"

Das konnte Mona nicht beantworten und sah mich deswegen ebenso neugierig an wie Bobby.

„Ähm, ich komm aus dem Rheinland, aus Lohmar, einer kleinen Stadt bei Köln. Ich fange hier nächste Woche eine neue Stelle an, nichts Besonderes."

Mona wollte etwas sagen, doch Bobby unterbrach sie. „Hast du da Farbe in den Haaren?" Er deutete auf meinen Pferdeschwanz.

„Ja, kann sein." Ich lachte. „Ich hab mein Schlafzimmer gestrichen und habe dabei wohl mehr Farbe abbekommen als die Wände."

„Sie hat sogar Farbe auf dem *Rücken*", warf Mona verschwörerisch ein.

„Wie hast du das denn hinbekommen?" Bobby zog die Augenbrauen fast bis zum Haaransatz hoch. Er hatte tolle blonde Locken, fiel mir in dem Moment auf. Irgendwie wirkte er eher wie ein Surferboy, wenn man sich die Klamotten und den Bart wegdachte. Wenn auch geschätzte zehn Jahre älter als ich.

„Ich hab im Bikini gestrichen." Ich zuckte mit den Schultern und erntete ungläubige Blicke, bis einen Moment später Bobby und Mona in schallendes Gelächter ausbrachen. Ansteckendes, schallendes Gelächter. Ich konnte nicht anders, als mich ihnen anzuschließen. Er schien echt okay zu sein. Dafür, dass er ein Mann war.

Wir saßen zwei Stunden lang an der Bar und plauderten miteinander. Mittlerweile ließ Mona mich immer mehr zu Wort kommen. Ob die Cocktails, zu denen wir irgendwann gewechselt waren, ihren Redeschwall gestoppt hatten oder sie tatsächlich hören wollte, was ich zu erzählen hatte, wusste ich nicht, es spielte auch keine Rolle.

Ich wusste nur, ich hatte schon lang nicht mehr solchen Spaß gehabt. Erst recht nicht an einem Dienstagabend. Mit Markus wäre so etwas nie im Leben möglich gewesen. Dienstags hatten wir uns gar nicht gesehen. Warum das so war, wusste ich ja jetzt auch endlich.

Mit einem Kopfschütteln versuchte ich, die Gedanken an Markus zu verdrängen, während ich in meiner Handtasche nach meinem Geld suchte, um die Rechnung zu begleichen. Irgendwann waren wir so weit und ich ließ mich vorsichtig vom Hocker rutschen. Ich merkte bereits, dass ich vielleicht einen Cocktail zu viel getrunken hatte und wollte mich nicht auf die Nase legen.

„Ach", rief Mona beim Rausgehen in Bobbys Richtung, „sag Viper, dass das Schild über dem Eingang kaputt ist!"

Also gab es doch ein Schild. Das beruhigte mich. Wenigstens etwas Ordnung.

Und vielleicht, nur vielleicht, würde das *Viper* auch meine Lieblingsbar werden. Nachdem ich mir mit Mona zusammen erst einmal alle anderen Hamburger Bars angesehen hatte. Schließlich wollte ich keine voreiligen Entscheidungen mehr treffen.

Kapitel 5

13. August 2016

Erst nach einer Weile fällt mir auf, dass es auf keine der Fragen eine richtige Antwort gab. Irgendwie zumindest.

Hey, ich glaube, das ist heute mein Lieblingswort. Das habe ich mir aber auch redlich verdient. Und weil alle *irgendwie* abgelenkt sind, schaue ich mich suchend nach einer neuen Sektflasche um. Meine Mutter scheint ihre nicht mehr hergeben zu wollen, so fest umklammert sie den Flaschenhals (man kann ihre Knöchel weiß hervortreten sehen!), und Mona tippt wild auf dem Bildschirm ihres Telefons herum. Wo ist eigentlich der Wodka, den sie mir mehr oder weniger versprochen hat?

Mein Vater neben mir zieht bedacht einen Flachmann aus seiner Tasche und reicht ihn mir. Er scheint zu verstehen, was ich jetzt brauche. Immerhin einer, der das tut.

Nach nur einem Schluck – es ist der gute Whisky, den ich ihm zu Weihnachten geschenkt habe – versuche ich es nochmal mit meiner drängendsten Frage.

„Ich weiß, ich wiederhole mich – aber wer ist Alexander?"

Mona schaut immerhin von ihrem Telefon auf, meine Mutter schweigt derweil weiter, mein Vater zuckt mit den Schultern, eine sehr ungewöhnliche Geste für ihn. „Keiner von hier jedenfalls, so wie der aussieht."

Was er damit meint, verstehe ich nicht und am liebsten würde ich selbst nachsehen. Doch dazu müsste ich diesen Raum verlassen. Aber ich glaube, wenn ich jetzt, so wie ich bin, in Richtung Altar laufe, einfach nur, um herauszufinden, wer der fremde Mann ist, dann freut sich meine Mutter, weil sie glaubt, doch noch eine Hochzeit zu bekommen. Und dann blamiere ich mich live vor allen Leuten, weil *ich* alles selbst absagen muss und nicht meine Mutter, die uns überhaupt erst in dieses Chaos gestürzt hat.

Wobei das ja nicht so ganz stimmt. Wegen Viper stecke ich in der Klemme. Wie immer – ein Kerl sorgt für den Untergang der Welt. Oder den Untergang der Träume meiner Mutter. Was in ihren Augen vielleicht sogar das Gleiche ist.

Nach zwei weiteren Schlucken aus dem Flachmann taucht eine Sektflasche vor meiner Nase auf. Ich blicke hoch – und sehe Mona. Meine Rettung. Wobei sie nicht glücklich wirkt, sondern eher angespannt. Das wiederum bereitet mir Sorgen, immerhin hatten wir bisher recht viel Spaß, von der Situation hier abgesehen. Mit zu viel Sekt, aufwendig aufhübschen und allem möglichen. Aber jetzt?

„Was ist los?", frage ich sie leise.

„Nichts, alles cool", versucht sie abzuwiegeln, aber darauf falle ich nicht herein. Nicht heute.

„Mona, sag schon. Was ist los? Eben war doch noch alles gut. ... Gemessen an den Verhältnissen des Tages."

Sie versucht sich an einem Grinsen, das gehörig schief gerät. „Ich geh mal nachsehen, wer dieser Alexander ist." Und schon ist sie aus dem Raum gehuscht, was mich kopfschüttelnd zurücklässt.

„Papa, ich meine das Ernst – es gibt keine Hochzeit. Mich hat nie jemand gefragt, ob ich ihn heiraten will. Wirklich nicht. Es gibt keine Hochzeit." Er ist meine letzte Rettung. Aber er scheint mir nicht zuzuhören (ist ja heute nichts Neues), sieht nur nachdenklich auf mein Kleid.

„Also, eigentlich ist das Kleid doch ganz hübsch", sagt er und ich kann nicht anders, als mich wieder zum Spiegel zu drehen und hineinzuschauen.

Ja, er könnte recht haben. Das Kleid ist in einem sehr hellen Cremeton gehalten, beinahe weiß, das Oberteil ist eine schulterfreie Corsage aus Seide, bestickt mit kleinen Perlen und Strasssteinen. Um nicht ganz nackt dazustehen, geht vom oberen Rand der Corsage bis zum Hals ein wunderschönes, beinahe durchscheinendes Spitzenoberteil mit einem kleinen Stehkragen, der meinen schlanken Hals betont und meine Schultern freilässt.

Der Rock besteht aus mehreren Schichten Tüll und irgendwo ist noch Seide oder Taft oder so etwas dazwischen, habe ich meine Mutter erzählen hören. Und wieder unendlich viele kleine Perlen und Strasssteinchen, die das Muster aus der Corsage weiterführen.

Und die Rüschen, die ich an der Schleppe gemeint habe zu sehen, sind keine. Die Schleppe ist oben nur in Falten gelegt. Aber auch das wirkt sehr hübsch. Abgerundet mit einem kurzen Schleier, den Mona kunstvoll festgesteckt hat in meinen gewellten Haaren. Sie hat sich sehr viel Mühe gegeben. Genug Mühe, um die perfekte Braut zu schaffen.

Ja, ich gebe es zu. Eigentlich ist das Kleid ein Traum, der mir seltsam bekannt vorkommt. Eigentlich ist dies ein Kleid, das ich mir auch irgendwie ausgesucht hätte, wollte ich wie eine Prinzessin heiraten.

Aber genau das ist ja die Krux – weder will ich heiraten, noch wie eine Prinzessin aussehen. Und beides zusammen schon dreimal nicht.

„Alles gut!", stürmt Mona zurück zu uns. „Das ist nur Bobby."

„Bobby?" Meine Verwirrung wächst.

„Ja, du weißt doch. Bobby aus dem *Viper*, unser Lieblingsbarmann. Na beinahe zumindest. Er hält nur den Platz frei, wie an der Bar. Also alles gut."

Natürlich kenne ich ihn. Aber was heißt das: Er hält den Platz frei? Doch bevor ich meine Fragen stellen kann, öffnet sich die Tür erneut und ausgerechnet Pfarrer Jahns steckt seinen Kopf herein.

„Ella, komm endlich raus! Das geht so nicht, wir müssen jetzt anfangen!"

Er kennt mich seit meiner Geburt. Er hat mich getauft, ich hatte meine Kommunion bei ihm. Und ich bin erschrocken, dass *er* scheinbar die Trauung vornehmen soll, die nicht stattfindet, wenn mir endlich jemand zuhört.

„Aber Pfarrer Jahns ..." Weiter komme ich nicht, schon schiebt meine Mutter mich nach draußen und mein Vater greift nach meinem linken Arm. Will er mich etwa zum Altar führen?

„Ganz ruhig, Kind, ich war auch nervös, als ich geheiratet habe", raunt mir mein Vater zu und wir treten auf den Gang. Die

Gäste tuscheln und die ersten drehen sich zu uns um, während Pfarrer Jahns an ihnen vorbei nach vorne eilt.

Und dann sehe ich sie. Alle beide. Bobby – der eigentlich Alexander heißt – und Markus, meinen Exfreund. Beide tragen einen schwarzen Anzug mit weißem Hemd und sie stehen direkt nebeneinander. Markus trägt im Gegensatz zu Alexander nicht einmal eine Krawatte. Und *das* will mein Bräutigam sein?

Meine Mutter scheint beruhigt, dass es endlich losgeht, Mona greift nach meinem rechten Arm und raunt meinem Vater immer wieder „Nein, noch nicht, noch nicht" zu, der jedoch nicht darauf reagiert.

Bevor ich die Chance habe, noch etwas zu sagen, setzt der Hochzeitsmarsch ein. Oh mein Gott. Alle Augenpaare in dieser Kirche richten sich auf mich. Ohne, dass ich es verhindern kann, schreitet mein Vater in Richtung Altar. Ganz das brave Kind, das immer noch in mir schlummert, folge ich ihm. Direkt zum Altar. Der größten Blamage meines Lebens entgegen.

Die ersten Wochen in Hamburg vergingen wie im Flug. Ich lebte mich in meiner neuen Wohnung ein, genauso in der für mich neuen Klinik und war wenig begeistert, in diesen ersten Wochen nur die Nachtschicht zu übernehmen. Außerdem arbeitete ich gefühlt jedes Wochenende, was das Weggehen mit Mona beinahe unmöglich machte. Wir schafften es nur dann und wann, miteinander einen Kaffee zu trinken, aber alles andere war schier unmöglich wegen meiner Arbeitszeiten.

Das erste freie Wochenende hatte ich erst Mitte Juli, und passenderweise war das Wetter perfekt, um den Tag an der Alster zu verbringen. Also machte ich mich auf den Weg, die Stadt langsam mehr und mehr zu erkunden und mich weniger wie ein Tourist zu fühlen. Abends wollte ich mich mit Mona im *Viper* treffen, zum ersten Mal seit unserem ersten Abend dort.

Dank des reparierten Schildes fand ich den Eingang diesmal selbst und konnte die Bar ohne Mona betreten. Es waren beinah alle Tische belegt, die Theke selbst aber so gut wie frei, weswegen ich jetzt das grüne Muster in den sonst hellen Glassteinen bewundern konnte. Es war eine Schlange. Wenn ich raten müsste, würde ich sagen, dass es eine Viper sein sollte. Der Name schien hier Programm.

„Hey, da ist unsere streichende Schönheit ja wieder!" Breit grinsend stand Bobby hinter dem Tresen und schüttelte den Shaker für einen Cocktail.

Ein kurzer Blick durch den Raum zeigte mir, dass Mona noch nicht da war. Und erinnerte mich gleichzeitig wieder daran, warum ich es hier so gemocht hatte. Die Stimmung, die die Farben und das Licht erzeugten, war sagenhaft. Ich war verliebt in diese Bar und bereute es, nicht öfter hiergewesen zu sein.

„Huhuuuu!", ertönte Monas Stimme eine Weile später von der Tür, als Bobby und ich uns über Kleinigkeiten austauschten. Es war einfach, sich mit ihm zu unterhalten – er war der perfekte Barkeeper.

Heute trug er ein schwarzes Shirt mit dem Logo der Bar quer über die Brust und wirkte dadurch viel mehr wie ein Surferboy und weniger wie der Rocker, den ich beim ersten Mal in ihm gesehen hatte. Wäre da nicht dieser unsägliche Bart.

„Sag mal Bobby", rang ich mir nach zwei Cocktails die Frage ab, „warum trägst du eigentlich diesen scheußlichen Bart?"

Bobbys Wangen wurden rot, was ich unglaublich süß fand. Er mochte ja zu alt sein für mich, aber niedlich fand ich ihn trotzdem, auch wenn ich den leisen Verdacht hegte, dass Mona heimlich in ihn verliebt war. Ich schien mich jedoch auf dem Weg der Besserung zu befinden, was Männer anging.

„Er hat eine Wette gegen Viper verloren", gackerte Mona neben mir. Wirklich – sie gackerte. Diesen seltsamen Laut hatte ich vorher noch nie bei ihr gehört.

„Will ich wissen, worum es bei der Wette ging?", fragte ich vorsichtig.

„NEIN!" Die Antwort von Bobby war mehr als deutlich. „Und du, Fräulein Rottenmeier, hältst den Mund, sonst erteile ich dir Hausverbot!"

Er fuchtelte wild mit dem Finger in Monas Richtung, was sie nur noch mehr zum Lachen brachte.

Bobby wandte sich derweil anderen Kunden zu und wir waren für einen Moment wieder unter uns. So weit man das in einer gut gefüllten Bar eben sein konnte.

„Also, erzählst du es mir?", fragte ich sie, mit einem Blick auf Bobby, damit er uns nicht belauschte.

„Na ja, eigentlich soll ich ja schweigen. Aber, da ich daran nicht ganz unschuldig bin ... Es ging darum, dass er behauptete, jede Frau abschleppen zu können, die sich in die Bar verirrt. Viper hielt dagegen und meinte, dass das nie im Leben klappt. Der Einsatz war genau das – der Bart und sein Name."

„Sein Name?", fragte ich verwirrt nach und sah immer wieder zu Bobby.

„Ja, eigentlich heißt er Alexander oder sowas."

Ich lachte. „Er hat die Wette also verloren?"

„Jepp, hat er. Die Frau, die Viper für ihn aussuchte, hat er nicht bekommen."

„Warum nicht?", fragte ich, als sie verstummte.

„Sie war durch und durch lesbisch und hat gar nicht gut auf seine Anmache reagiert."

Ich konnte nicht anders, ich lachte laut auf und kassierte dafür einen bitterbösen Blick von Bobby.

„Kennst wohl jetzt mein Geheimnis, was?", fragte er nur, als er wieder bei uns war und stellte zwei neue Cocktails vor uns ab, diesmal alkoholfrei.

„Ja, Surferboy. Aber ich verrat's keinem weiter." Ich zwinkerte ihm zu und wandte mich wieder an Mona. „Mal was anderes, kennst du einen guten Frisör? Ich will meine Haare endlich wieder normal tragen." Ich zog meinen braunen Pferdeschwanz nach vorn. Markus mochte lange Haare und er mochte braune Haare, wie er immer wieder betonte. Also hatte ich sie wachsen und regelmäßig färben lassen. Nur für ihn. Mein eigenes Blond hatte ich schon seit Jahren nicht mehr gesehen.

„Da fragst du genau die Richtige!" Sie grinste mich glücklich an. „Wann hast du das nächste Mal frei? Ich mache uns einen Termin!"

Viper, den Besitzer der Bar, hatte ich an diesem Abend immer noch nicht kennen gelernt. Wieder hatte er etwas anderes zu tun. Dabei wollte ich gern den Mann kennen lernen, der sich diese geniale Zusammenstellung hatte einfallen lassen. Denn wie Bobby mir erzählte, war alles allein Vipers Idee gewesen, von den Farben, über die Möbel, selbst bis hin zu den Servietten. Ich war ehrlich neugierig, ihn mal zu treffen. Zum ersten Mal seit Markus war ich wieder richtig neugierig auf einen fremden Mann.

Kapitel 6

Je näher wir dem Altar kommen, umso lauter zischt Mona, umso erschrockener sieht Markus aus, umso nervöser wirkt Bobby alias Alexander. Und umso mehr Leute höre ich tuscheln. Ich meine, sogar jemanden mit einer Kamera gesehen zu haben. Meine Güte, hat meine Mutter etwa auch die *Presse* eingeladen? Oder ist es nur ein Fotograf, der das Drama auf Film festhält?

Ich sehe mich so unauffällig wie möglich um, vielleicht finde ich doch noch einen Fluchtweg. Und dann fällt es mir auf, das bestickte Tuch auf der Bank vor dem Altar. Scheinbar die Bank, auf der ich mich gleich mit meinem Bräutigam niederlassen soll. Ist das nicht so, bei Trauungen in der Kirche? Jedenfalls stehen auf dem Tuch zwei Namen. *Ellijonora & Leopold*. Oh mein Gott, meine Mutter glaubt wirklich, dass Leopold mich heiraten wollte! Ist etwa alles auf eine Hochzeit von mir und Leo ausgerichtet? Na wie gut, dass der mal so gar nichts von der Ehe im Allgemeinen und einer kirchlichen Hochzeit im Besonderen hält. Es wirkt so abstrus und lächerlich – immerhin steht da *Markus* vor dem Altar!

Hinter uns fliegt das Kirchenportal mit einem lauten Knall auf und als ich meinen Kopf verrenke, um zu sehen, was los ist, stürmen zwei Männer herein. Der eine ruft ziemlich laut „Halt!", der andere schweigt. Sie laufen direkt auf uns zu, was mich kichern lässt. Das ist wie in einem Hollywoodfilm. Ich kann einfach nicht anders. Auch dass mein Vater mich in den Arm kneift, hilft nicht gegen das Kichern.

„Die Haare *müssen* wir Bobby zeigen!", rief Mona begeistert, als ich nach Stunden in diesem Frisörsalon vom Stuhl aufstand. Der lange, langweilige, braune Pferdeschwanz war endlich Geschichte. Welcome back, eigenes Blond. Luftig und locker fielen mir meine Haare in einem fransigen Bob ums Gesicht. Ich fühlte mich wahnsinnig gut.

„Machen wir heute Abend. Aber erst brauch ich noch etwas Passendes zum Anziehen!"

Markus hatte nicht nur über meine Haare bestimmt, sondern auch über meinen Kleidungsstil. Ich war eher der Typ Jeans. Gern auch mit Bluse, wenn es schicker als ein Shirt sein musste, aber eben Jeans.

Er hatte mich nur viel zu gern in Hosen-anzügen gesehen. Oder Businesskostümen. Oder wie meine Mutter in Stoffhosen und Twinsets. Wie dasjenige, das ich am Tag meines Auszuges trug. Übrigens haben sich die Flecken nie aus der Jacke entfernen lassen. Das war aber nicht weiter schlimm, ich sah es als den Grund an, das Set endlich loszuwerden.

Jedenfalls hatte ich das Gefühl, mir jetzt auch meinen Kleiderschrank zurückerobern zu müssen, nachdem mir dies bei meinem

Leben und meinen Haaren schon gelungen war.

„Lass uns shoppen gehen!" Mona klatschte in die Hände und ich ließ mich von ihrer Aufregung anstecken. Es war lange her, dass ich mit einer Freundin shoppen gegangen war. In den letzten Jahren war ich nur mit meiner Mutter, oder eben mit Markus einkaufen gegangen. Markus besaß dabei zwar erstaunlich viel Ausdauer, aber nun ja, der Stil ...

Mit Mona an meiner Seite konnte nichts mehr schiefgehen, immerhin war sie Stylistin – Spaß und Beratung in einer Person. Konnte Frau sich eine bessere Freundin wünschen?

Kapitel 7

Hier stehe ich, beinahe am Altar angekommen, soll Leopold heiraten, der nichts von der Ehe hält, habe aber Alexander und Markus zur Wahl vor dem Altar stehen. Die mich eigentlich beide nicht heiraten wollen, weil der eine mich nicht liebt und der andere nur ein Platzhalter ist.

Und dann kommen zwei neue Männer, von denen scheinbar zumindest der eine die nicht stattfindende Hochzeit verhindern will.

Wenn man etwas verhindert, das nicht stattfindet, findet es dann eigentlich statt?

Bevor mein nervös kicherndes Gehirn sich dazu etwas überlegen kann, erkenne ich endlich beide und schnappe nach Luft.

Der eine ist Thomas, der Wunschbräutigam Nummer zwei meiner Mutter. Tatsächlich trägt er einen dunkelgrauen Smoking mit einer wunderschönen, dunkelroten Fliege um den Hals, einem Hemd im gleichen Cremeton wie mein Kleid, ebenso das Einstecktuch.

Eines muss man dem Mann lassen – er hat Geschmack und sieht super aus. Er scheint abgenommen zu haben, seit ich ihn das letzte Mal gesehen habe. Dadurch wirkt er beinah schlaksig, aber es steht ihm. Er ist auch nicht so unendlich viel größer als ich, was uns gut zusammenpassen lässt. Theoretisch. Optisch passen wir auch. Wäre da nicht das riesige Problem, dass er eigentlich ...

„Markus!", ruft der Mann, der gerade die vorherrschende Rolle in meinen Gedanken innehat mit belegter Stimme und als er neben mir zum Stehen kommt, entdecke ich die Tränen in seinen Augen. „Wie kannst du nur?"

Ich sehe zu Markus, der stocksteif wird und gerade sehr blass rund um die Nase wirkt.

„Bin ich zu spät?", ertönt dann laut und deutlich die Stimme des zweiten Mannes, die mir durch und durch geht. Die Stimme, die mich nachts in meinen Träumen besucht. Die Stimme, bei der mein ganzer Körper zu kribbeln beginnt.

„Viper", kann ich nur hauchen und eine Million Schmetterlinge flattern wild durch meinen Bauch, als ich mich ihm zuwende und sein Grinsen entdecke. „Was machst du denn hier?"

Das Grinsen wird noch breiter und die Schmetterlinge legen einen Zahn zu mit ihren Flügelschlägen, was mich lächeln lässt.

Verdammt, dieser Kerl …

„Ich bin hier, um einen armen Tropf vor dem größten Fehler seines Lebens zu bewahren!"

Und ganz plötzlich zerfallen die Schmetterlinge zu Staub und hinterlassen ein schwarzes Loch. Allerdings immer noch keines, das mich aus diesem Albtraum aufwachen lässt.

Hatte ich mich mit der neuen Frisur schon gut gefühlt, war das Gefühl jetzt am Abend vor meinem Spiegel noch umwerfender. Ich fühlte mich wie ich selbst. Endlich war ich wieder ich selbst. Vorbei die Jahre, in denen ich mich verstellen musste.

Ich trug ein hellblaues Kleid, zu dem Mona mich überredet hatte. Aber sie hatte recht gehabt, die Farbe passte super zu meinen Haaren und ließ meine grauen Augen wunderbar leuchten, ganz ohne viel Make-up, bei dem sie mir ebenfalls viele Tipps gegeben hatte. Das Kleid war recht eng, endete allerdings kurz unter dem Knie, was mich beruhigte. So musste ich mir keine Sorgen machen, gleich in der Bar ungewollte Einblicke zu gewähren, während ich auf dem Hocker saß.

Auf den Barhocker würde ich diesmal auch ohne Probleme kommen – denn Mona hatte mich nicht nur zu einem Kleid (und zig anderen Klamotten), sondern auch zu Highheels überredet. Es waren nur acht Zentimeter unter meinen Fersen (das *nur* war ihre Meinung!), aber für mich war das schwindelerregend hoch. Wenn sie flache Schuhe trug, war ich auf diesen Stelzen beinah so groß wie sie. Ich würde aufpassen müssen, mich nicht auf die Nase zu legen.

Lachend und aneinandergeklammert erreichten wir das *Viper* eine Stunde später.

Ich hatte es unfallfrei die Treppe hinunter bis zu Mona geschafft, die das direkt mit einer Flasche Sekt feiern wollte. Meine Hälfte der Flasche machte sich bereits in meinem Kopf bemerkbar. Ich hatte seit dem Frühstück nichts gegessen und so langsam zeigte sich, dass dies keine gute Grundlage für Sekt war.

Vielleicht war anderer Alkohol besser. Und davon gab es im *Viper* immerhin reichlich.

„Na sieh einer an, wer hätte gedacht, dass in der langweiligen grauen Maus so ein heißer Feger steckt", begrüßte uns Bobby und grinste breit. „Willkommen im *Viper,* meine liebe Mona und meine verehrte Ella. Was darf ich euch bringen?"

Wir kicherten weiter und entschieden uns für einen bunten Cocktail, in den Bobby einen Extraschuss Alkohol gab, wie er uns zwinkernd mitteilte.

Mona hatte weitere Freunde eingeladen, die uns an der Bar Gesellschaft leisteten. Es war eine lustige Runde, die ich irgendwann kurz verlassen musste, weil der Alkohol meine Blase ziemlich schnell hatte vollwerden lassen.

„Bin gleich wieder da", rief ich Mona zu und ließ mich von meinem Hocker gleiten. Dummerweise hatte ich vergessen, dass ich hohe Schuhe trug. Und dass der Extraschuss Alkohol sich auch bemerkbar machen würde.

Ich stolperte beim ersten Schritt und wäre beinahe hingefallen, hätten nicht zwei kräftige Hände nach meinen Oberarmen gegriffen und mich aufgerichtet. Doch damit nicht genug. Ich wurde hochgehoben und allen Ernstes zurück auf den Hocker gesetzt!

„Hey Kleine, nicht so eilig", traf mich eine Stimme, die sofort für Gänsehaut sorgte. Angenehme Gänsehaut. Auf meinem ganzen Körper. Wirklich überall. Verdammt, ich hatte bisher nicht gewusst, dass mich allein eine Stimme so fühlen lassen konnte!

Mein Blick schoss hoch, traf auf absolut fantastische blaue Augen, umrahmt von dichten, dunklen Wimpern. Aber immerhin kurzen Wimpern, sonst wäre ich womöglich noch eifersüchtig geworden. Meine Wimpern waren länger und auch wenn sie sehr hell waren, ich mochte sie.

Es fiel mir schwer, den Blick aus diesen blauen Tiefen zu nehmen. Meine Güte, es wirkte, als könne der Mann mir damit bis in die Seele blicken.

Leicht verschwommen nahm ich den Rest von ihm wahr. Er war groß und breit gebaut, unter seinem eng anliegenden Shirt konnte man deutlich trainierte Muskeln erkennen. Auch wenn es nicht mein eigentlicher Geschmack war, zu ihm passte es.

Er hatte kurze, schwarze Haare, die in alle Richtungen abstanden, als wäre er sich mehrmals mit den Fingern hindurchgefahren. Dazu ein kantiges Kinn, ein verruchtes Lächeln, und ... oh mein Gott ... er hatte Grübchen! Auf beiden Wangen! Grübchen sollten verboten werden!

Ich bemerkte, wie sein Blick über mich glitt, mich ebenso musterte, wie ich es bei ihm getan hatte. Und dann bemerkte ich, dass seine Hände immer noch an meinen Oberarmen lagen. Was mich wiederum daran erinnerte, dass er mich einfach hochgehoben und zurück auf den Hocker gesetzt hatte. Als sei ich ...

„Hey, verdammt, such dir wen anders, den du wie eine Puppe durch die Gegend tragen kannst. Ich mag ja kleiner sein als du Muskelberg, aber bewegen kann ich mich immer noch allein, vielen Dank auch!", schoss ich ihm entgegen und wunderte mich im gleichen Moment, wo die Worte hergekommen waren.

Ja, ich fluchte auch manchmal. Innerlich. Eher selten laut vor mich hin, und wenn, dann nur, wenn ich allein war. Aber sowas? Halleluja. Das war ein eindeutiger Beweis dafür, dass mir der Kerl unter die Haut ging, obwohl wir uns nicht kannten. Ich musste schleunigst weg von ihm.

Ich gab ihm gar nicht erst die Chance zu reagieren, sondern rutschte wieder vom Hocker und sah zu, dass ich in Richtung der Toiletten verschwand. Das laute Lachen von Mona und Bobby konnte ich deutlich hinter mir hören. Es half aber nicht dabei, meinen Ärger zu besänftigen, im Gegenteil. Also echt mal. Was bildete der Kerl sich eigentlich ein?

Kapitel 8

13. August 2016

„Was?", krächze ich.

Aus dem Augenwinkel sehe ich, wie mein Vater zu Pfarrer Jahns geht und ihm seinen Flachmann in die Hand drückt.

Ich höre, wie er leise „Hier, Julian" zu ihm sagt.

Ich höre, wie das Getuschel in der Kirche lauter wird.

Ich sehe, wie Thomas zu Markus geht und beide anfangen, sich lebhaft und trotzdem leise zu streiten.

Seltsam. Ich dachte immer, dass sich lebhaft und leise ausschließen. Aber wie bei so vielen Dingen habe ich mich auch hier getäuscht.

Ich kann meinen Blick nicht von Viper lösen, der mich immer noch angrinst.

„Na, einer muss doch verhindern, dass du diesen Kerl ins Unglück stürzt."

Als dann auch noch Monas Handy klingelt – wieder mit *Highway to Hell* – lacht er richtig. „Das perfekte Hochzeitslied!"

Als ich wiederkam, schien der Kerl verschwunden. Innerlich immer noch aufge-
wühlt, erkämpfte ich mir den Weg zurück zu
meinem Hocker. Die Bar war voller
geworden, obwohl ich nicht lang weg
gewesen war. Oder ich hatte die Menschen
vor lauter Wut auf meinem Weg zur Toilette
nicht bemerkt. Verdammt, niemand hatte
das Recht, mich wie eine Puppe durch die
Gegend zu heben. Dass seine Muskeln
damit nicht nur aus Luft bestanden, sondern tatsächlich Kraft hatten, versuchte ich
tunlichst auszublenden. Sonst gefiel mir
womöglich noch, wie er mich hochgehoben
hatte, so falsch es auch war.

„Tut mir leid, wir hatten nicht den besten
Start", erklang diese Stimme plötzlich vor
mir, als ich mich zum Tresen drehen wollte,
um einen neuen Cocktail bei Bobby zu
bestellen. Und wieder überzog es meinen
Körper mit Gänsehaut. „Ich bin Viper."

Meine Augen schossen zu ihm. Er
lächelte wieder, aber diesmal, ohne seine
Grübchen zu zeigen. War auch besser so.

Ich ergriff die Hand, die er mir über den
Tresen reichte. Sein Griff war fest und
warm und ließ meinen ganzen Unterarm
kribbeln. So schnell wie ich die Hand ergrif-

fen hatte, ließ ich sie auch wieder los. Beinah, als hätte ich mich verbrannt. Würde ich wohl auch, wenn er so weitermachte und mich verwirrte.

„Ich bin Ella. Und war bis eben noch begeistert von dem Kerl, der diese Bar so fantastisch eingerichtet hat."

Er grinste und senkte den Blick ein wenig. Bobby hingegen lachte laut und klopfte ihm freundschaftlich auf die Schulter.

„Tja, bei der kommst du nicht weit mit deiner Masche", spottete Bobby und Viper boxte ihm spielerisch in die Seite, bevor er sich wieder mir zuwandte.

„Scheint, als hätte ich meinen ersten Eindruck vollends versaut. Also, wie kann ich das noch retten?"

Ich legte den Kopf schief und überlegte einen Moment. Er war echt heiß. Allein diese Augen, diese Stimme. Und diese verdammten Grübchen.

Halt. Stopp. Das war aus so vielen Gründen falsch. Ich konnte mich nicht auf ihn einlassen, nicht einmal auf einen kleinen Flirt. Ich wusste, wie das enden würde. Und *ein* Markus in meiner Geschichte hatte mir gereicht.

„Ich hätte gern noch einen Drink." Ich schenkte ihm dennoch mein bestes Lächeln.

„Aber keinen Cocktail. Einen richtig guten Whisky. Deine Auswahl ist ja nicht schlecht, aber ich will was Gutes, wo auch immer es von dir gelagert wird. Ich mag es nicht, wenn man mich einfach so durch die Gegend trägt."

Natürlich war meine Argumentation reine Haarspalterei, das war auch mir klar. Also lenkte ich ein wenig ein. „Trotzdem danke, dass du mich nicht auf die Nase hast fallen lassen. Ich bin die Schuhe noch nicht gewohnt." Hey, ich hatte meine Manieren wiedergefunden. Mein Vater wäre stolz auf mich.

„Die Lady weiß, was sie will", grinste er mich an und sein Kopf verschwand kurz unter dem Tresen. Er kam mit einer Flasche in der Hand wieder hoch, hielt sie mir unter die Nase und fragte leicht überheblich: „Ist der genehm, werte Dame?"

So leicht ließ ich mich nicht einschüchtern. Ich kannte die Sorte, hatte sie meinem Vater vor ein paar Jahren zu Weihnachten geschenkt und. Und noch wichtiger, ich wusste, wie sie schmeckte.

„Der schmeckt zu sehr nach Torf. Ich mag etwas Milderes. Hast du etwas Fruchtiges da, vielleicht sogar mit Honiggeschmack?"

Sein Blick sprach Bände – er war beeindruckt.

Wie ich bereits erwähnte, ich liebe meinen Vater und mein Vater liebt Whisky. Also hatte ich mich informiert. Gründlichst. Sogar vor Ort in mehreren Destillerien, sowohl in Irland als auch Schottland. Dies waren auch die einzigen Reisen von Markus und mir, bei denen ich das Ziel bestimmen durfte. Sonst hatte er immer alles vorgegeben. Reiseziele, Aktivitäten vor Ort, wann wir was wo essen sollten. Die volle Kontrolle über alles.

Viper holte eine andere Flasche hervor, zeigte mir wieder das Label und ich lächelte ihn an. Ja, der war geschmacklich perfekt.

Er erwiderte mein Lächeln, stellte zwei Gläser auf die Theke und goss uns ein. Beim Anstoßen sagte er: „Der geht aufs Haus, Prinzessin des Whiskys. Man kennt mich als Sebastian Holthausen – aber meine Freunde nennen mich Viper."

„Freut mich, Viper, mich kennt man als Ella Hansen. Für meine Freunde bin ich einfach Ella."

Damit war er gelegt – der Grundstein für eine fantastische Freundschaft.

Kapitel 9

13. August 2016

Mein Atem stockt. Das kann er nicht ernst meinen, oder?

Ich suche in seinem Gesicht nach einer Antwort, finde jedoch keine. Er steht immer noch entspannt da, die Arme vor der Brust verschränkt. Für einen Moment bewundere ich, wie gut er aussieht in seiner Lederjacke und den schwarzen Jeans. Anders als sonst trägt er heute kein Shirt, sondern ein Hemd. Und dieses Grinsen, das wie festgetackert auf seinen Lippen klebt. Lippen, die ...

„Dann können wir endlich loslegen!", ruft meine Mutter freudig. *Loslegen womit?,* will ich fragen, doch dann fällt mir wieder ein, dass sie mich heute ja verheiraten will. Und mir fällt wieder ein, was Viper gerade gesagt hat: Er will verhindern, dass ich einen Kerl ins Unglück stürze.

Auf einmal kommen die kleinen Zahnrädchen in meinem Kopf kreischend zum Stehen. Er hat gar kein Problem mit der Ehe an sich. Er hat ein Problem mit *mir* als Ehefrau.

„Oh Gott", hauche ich und merke, wie meine Sicht langsam aber sicher verschwimmt. Jetzt nur nicht weinen. Nur nicht darüber nachdenken, wie heftig es in meiner Brust zieht. Das ist einfach nur ein schlechter Traum, mehr nicht.

„Meinst du das ernst?", frage ich trotzdem.

Ja, sehr klug ist das nicht in dieser Situation, man darf mich dafür gern ausschimpfen. Aber manchmal kann ich einfach nicht anders, manchmal sind mir die Konsequenzen egal.

Er legt den Kopf leicht schief und grinst mich immer noch an.

„Ich verstehe schon", sage ich leise. „Das Problem bin ich, nicht die Ehe an sich. *Ich*. Ich bin nicht gut genug." *Wie immer*, ergänzt die kleine, fiese Stimme in meinem Kopf. „Ich meine, ich schaffe es ja nicht einmal zum zweiten Date."

Viper runzelt für einen Moment die Stirn, findet dann aber sein Grinsen wieder und kommt einen Schritt auf mich zu, was mich zwei Schritte zurückweichen lässt. Schließlich mache ich kleinere Schritte als er. Oder aber ich will nur schneller Abstand zwischen uns bringen.

„Ich habe dich für meinen Freund gehalten", wispere ich und versuche verzweifelt, die aufsteigenden Tränen zu unterdrücken.

Wie kann er als einer meiner engsten Freunde sagen, ich wäre das Unglück für einen anderen Mann? Einen, den er überhaupt nicht kennt? Und selbst wenn! Wie kann er nur? Selbst wenn er Recht damit hätte. Verdammt!

„Ella, ich war nie dein Freund."

„Nora?" Ich zuckte regelrecht zusammen auf dem Barhocker. Ich war wie immer tief ins Gespräch mit Mona und Bobby verwickelt, deswegen war mir der Mann nicht weiter aufgefallen, der gerade neben mich getreten war. Und selbst wenn, wir waren in einer Bar, das war nichts Ungewöhnliches. Erst recht nicht an einem Freitag, wenn viele ausgingen, um das Wochenende einzuläuten.

Aber es gab nur einen Menschen auf diesem Planeten, der mich Nora nannte. Ob ich das wollte oder nicht.

Mir lief ein Schauer über den Rücken – kein guter! – und ich drehte mich langsam um, Bobbys neugierigen Blick ignorierend. *Nora* brachte hier niemand mit mir in Verbindung.

„Markus. Was machst du hier?" Ich versuchte, meine Stimme so ruhig wie möglich klingen zu lassen, und war stolz darauf, sein Lächeln nicht zu erwidern. Hätte noch gefehlt.

Ich wollte nicht, dass er hier war, Hamburg gehörte mir. Er hatte mir meine Zukunft zu Hause genommen, diese hier würde ich mir nicht auch noch zerstören

lassen, wo ich sie doch gerade mühsam auf-
baute.

„Können wir zu dir gehen und reden?"

Mona neben mir schnappte nach Luft
und ich hörte ein Räuspern von der anderen
Seite der Theke, kümmerte mich aber nicht
weiter darum. Ich konnte mich nur mit
einem Problem beschäftigen, nicht mit
zweien.

Meinen Blick suchend durch den Raum
schweifen lassend, fand ich einen kleinen
Tisch in der Ecke, wo es definitiv ruhiger
war als an der Bar, aber sicherer als zu
Hause. Was auch immer Markus wollte, ihn
mit zu mir zu nehmen wäre definitiv ein
Fehler. Das sagte mir mein Bauchgefühl
sehr deutlich, auf das ich mich mehr verlassen wollte.

„Da hinten ist noch ein Tisch frei, lass
uns dahin gehen. Leute, bin gleich zurück."
Ich schnappte mir mein Cocktailglas, winkte
meinen verwirrten Freunden nur kurz zu
und steuerte den Tisch an, darauf vertrau-
end, dass Markus mir folgen würde.

Innerlich lachte ich bitter auf. Ich *ver-
traute* darauf. Vertrauen war das Letzte,
was ich Markus noch entgegenbrachte.

„Also, was willst du?", fragte ich, kaum
dass er auf dem Sessel neben mir Platz
genommen hatte. Ich kümmerte mich nicht

um den abweisenden Ton in meiner Stimme, hatte er doch meine Höflichkeit nicht mehr verdient.

„Nora, es tut mir leid, wirklich. Können wir nicht nochmal von vorn anfangen? Es war ein Fehler!"

Ich atmete tief durch und vermied es, ihn anzusehen oder mich zu meinen Freunden zu drehen. Diese Situation musste ich irgendwie allein bewältigen.

Keiner von ihnen wusste, dass Markus mein Ex war und über den Grund unserer Trennung hatte ich erst recht nicht sprechen wollen. Mona wusste, dass es einen Ex gab, aber nicht mehr.

„Markus, das bringt doch alles nichts. Du hast mit Thomas geschlafen. Ich meine – Herrgott – ausgerechnet mit *Thomas*! Wir waren Nachbarn, waren Tanzpartner im Karneval und in der Tanzschule und ich bin mit ihm auf zig Abschlussbällen gewesen! Er ist ja superlieb und nett, aber ehrlich – es ist Thomas! Wir sind zusammen aufgewachsen, er ist wie mein Bruder. Du hast mich quasi mit meinem Bruder betrogen! Und ich weiß, dass es kein Ausrutscher war, Markus. Wenn du ehrlich zu dir selbst bist, dann weißt du das auch. Du bist schon lang in ihn verliebt, das hast du selbst gesagt. Da ist kein Platz für mich, war es vielleicht nie.

Ich verstehe dich und mittlerweile tut es auch nicht mehr so weh. Aber du warst nicht einfach nur unehrlich, du hast mir meinen Bruder genommen.

Er seufzte und fuhr sich mit der rechten Hand über das Gesicht. Ich folgte der Bewegung. Er wirkte müde, hatte Ringe unter den Augen, als hätte er seit Tagen nicht mehr richtig geschlafen.

Auf der einen Seite wollte ich wissen, was ihm schlaflose Nächte bereitete. Unsere Trennung konnte es nicht sein, die lag immerhin fast ein Jahr zurück.

Wow. In dem Moment wurde mir erst richtig bewusst, dass ich seit fast einem halben Jahr in Hamburg wohnte. Die Zeit war nur so an mir vorbeigerauscht.

„Nora, ...“

Ich wollte ihn gerade korrigieren, ihn bitten, mich nicht mehr Nora zu nennen, als Viper an unserem Tisch auftauchte.

„Kann ich euch noch was zu trinken bringen?“, fragte er und sein Blick scannte Markus. „Kennen wir uns?“, richtete er sich nun direkt an ihn.

Ich seufzte auf, das konnte ja heiter werden.

„Markus, das ist Viper, ihm gehört die Bar. Viper, das ist Markus, mein Exfreund.“

Ich sagte „mein Exfreund" im gleichen Moment, wie Markus „ihr Verlobter" sagte. Und damit war das Chaos perfekt.

Viper zog die Augenbrauen hoch, ich biss die Zähne zusammen, um nicht direkt zu schreien, und konnte dann doch nicht anders, als zu zischen: „Mir zu sagen, dass eine Hochzeit eine gute Idee wäre, und ich doch mal beim Standesamt anrufen könnte, um einen Termin für uns zu machen, *ist keine Verlobung!"*

Nur mühsam hielt ich meine Stimme so leise wie möglich, um kein Aufsehen zu erregen.

„Nora, nach sieben Jahren war es eine gute Idee, es offiziell zu machen."

„Nora?" Vipers Blick klebte an mir. Ich kannte diesen speziellen Blick. So durchleuchtete er die Dates, die Mona anschleppte, machte damit einen auf Beschützer, wie ein großer Bruder. So wie jetzt. Seine Körperhaltung hatte sich merklich versteift, sein Kiefer war angespannt. Er sah aus, wie ein Footballspieler, der zum Tackle ansetzen wollte, um Markus von den Beinen zu reißen. Was sicher lustig aussähe, immerhin war Markus kaum größer als ich und damit gute zwanzig Zentimeter kleiner als Viper.

Ich verkniff mir das Lachen, das bei dem Bild in mir aufstieg und unterbrach ihn schnell. „Erkläre ich dir nachher. Ich komme gleich wieder an die Bar, wir brauchen nicht lange. Mein Cocktail reicht noch und Markus möchte nichts." Mein Ton duldete keinen Widerspruch und ausnahmsweise hielten sich beide daran.

Markus sah mich mit großen Augen an, als Viper uns allein ließ. „Hast du was mit ihm?"

„Nein, aber wir sind Freunde und er beschützt seine Freunde." Ich wusste, dass es stimmte. Auf Viper war immer Verlass, auch wenn ich seine Hilfe bisher noch nie gebraucht hatte.

„Du betrügst mich mit ihm, oder? Die Art, wie er dich ansieht ..."

Damit reichte es mir.

„Markus, ich warne dich. DU warst der, der wild mit einem anderen rumgemacht hat – in *unserem* Haus. DU warst der, der mir dann lang und breit erklärt hat, dass ihm in der Beziehung mit mir immer irgendwas gefehlt hat und dass es dir leidtut, du aber auf Männer stehst und deswegen jeden Dienstag *anderweitig* unterwegs warst. Daraufhin warst DU es, der sagte, wir sollten die Beziehung besser beenden, bevor es einem von uns noch wirklich wehtut – deine Worte! Nach *sieben Jahren*!"

Mein Puls war mittlerweile jenseits von Gut und Böse. „Also sag mir nicht, ich würde dich mit *irgendwem* betrügen, wenn DU nicht mal den Anstand hattest, mit mir Schluss zu machen, BEVOR ich dich mit einem anderen Mann im Bett erwische – oder eben auf dem Sofa! ICH habe das nicht verbockt, das warst allein du! Und meinen Teil der Anzahlung für das Haus hätte ich übrigens gern zurück, wenn wir schon dabei sind."

Markus schwieg und sah betreten zu Boden. Geschah ihm Recht, Mitleid hatte ich keines mehr für ihn, das hatte er für mich auch nicht gehabt.

„Es tut mir leid, wirklich. Das musst du mir glauben, Nora. Ich wollte das eigentlich nicht. Aber Thomas ... Wir waren nur einmal zusammen essen, weil ich ein paar Fragen zu Investitionen hatte, und da kam irgendwie eins zum anderen ..."

„Warum bist du wirklich hier?", unterbrach ich ihn.

Er druckste herum, wollte mich nicht ansehen, bis mir schließlich ein Licht aufging.

„Lass mich raten, irgendwer hat den Verdacht, dass da was zwischen euch läuft, und du willst dich nicht outen. Also glaubst du, du kannst mich einfach so zurückholen und wieder zu deinem kleinen, gehorsamen Mäuschen machen, das blind alles macht, was DU gern hättest. Wahrscheinlich soll ich auch noch akzeptieren, wie du weiter eine Affäre mit Thomas hast, oder?"

„Du hättest dann ja das Haus. Und wir könnten Kinder haben, wenn du willst."

Ich konnte nicht fassen, was er mir da vorschlug. Hielt er mich für so ... dumm ... dass ich dem zustimmen würde?

„Markus, verschwinde aus meinem Leben, ich mache da nicht mit. Ich bin so viel mehr wert, als nur eine Ehe auf dem Papier. Kindern werde ich sowas erst recht nicht antun. Kinder sollten in einem liebevollen Umfeld aufwachsen und nicht in einer Ehe, die keine ist. Ehrlich, ich fasse es nicht, dass du mir das überhaupt vorschlägst!"

„Thomas wäre damit einverstanden", versuchte er es nochmal.

„Aber ich nicht. Und jetzt geh bitte, ich will dich hier nicht nochmal sehen."

„Du hast dich verändert", sagte er, als ich mich im Sessel aufrichtete, um zurück zu meinen Freunden zu gehen.

„Nein, Markus. Ich bin nur endlich ich selbst und mache nicht mehr blind das, was andere von mir verlangen. Ich bin nicht mehr die Nora, die du haben wolltest. Ich bin Ella, einfach nur Ella. Ich werde bald fünfundzwanzig – es wurde Zeit, bei mir selbst anzukommen. Ich wünsche dir und Thomas, dass ihr auch an den Punkt kommt. Ich glaube, ihr passt gut zusammen, aber ich kann und will kein Teil davon sein. Leb wohl, Markus."

Ich fühlte mich gut, als ich mich auf den Barhocker neben Mona schwang. Von Bobby ließ ich mir einen weiteren Cocktail mixen und zählte innerlich die Sekunden, bis Mona es vor Neugier nicht mehr aushielt.

Aber zu meinem Erstaunen war es Viper, der als Erster fragte.

„Also, was wollte dein *Verlobter*?" Er spuckte das Wort aus, als sei es giftig. Und als sei er enttäuscht von mir.

„Wie ich am Tisch schon sagte", begann ich und blieb so ruhig wie möglich, „waren wir nicht verlobt. Er hat mich nie gefragt, ob ich ihn heiraten will. Und nachdem er im Wohnzimmer unseres gemeinsamen Hauses mit meinem Jugendfreund rumgemacht hat, war selbst die nicht vorhandene Verlobung gelöst. Markus ist schwul, steht aber nicht dazu. Genau darum ging es. Er hat mir den Vorschlag gemacht, wieder zu ihm zu ziehen, einen auf heile Welt zu machen in unserem Ort, die statistischen 2,6 Kinder zu bekommen, brav den Vorgarten zu bepflanzen und stillschweigend dabei zuzusehen, wie er weiterhin eine Affäre mit Thomas hat."

„Hat er dir auch Affären zugestanden?", fragte Mona, pragmatisch wie immer, was mich in schallendes Gelächter ausbrechen ließ.

„Nein, vielleicht hätte ich ihn danach fragen sollen. Dann würde sich vielleicht doch mal was in meinem Schlafzimmer abspielen."

Die Stimmung lockerte sich wieder auf, nur Viper schien immer noch angespannt und ich konnte nicht verstehen, warum das so war. Bevor Markus hier auftauchte, war er viel entspannter gewesen.

„Willst du denn heiraten?", kam nach einem Moment von ihm.

Ich sah ihn an und versuchte in seinem Gesicht abzulesen, warum er mir die Frage stellte. Ein deutliches Zeichen dafür, dass ich nach diesem Cocktail Schluss machen sollte. Es war genug Alkohol für einen Abend.

„Nicht kirchlich, nein. Das wahrscheinlich niemals. Aber standesamtlich würde ich schon gern heiraten. Nicht nur, um den Namen Hansen abzulegen. Ich will zu meinem Mann gehören, dazu gehört für mich auch, dass ich seinen Namen annehme."

„Warum nicht auch kirchlichheiraten?", warf Bobby ein und polierte weiter Gläser.

„Weil meine *Mutter*" - ich betonte das Wort absichtlich extra - „sich dann in ein Brautmonster verwandeln würde oder sowas ähnliches. Sie *lebt* dafür, dass sie meine Hochzeit planen und ausrichten kann. Ich glaube, wenn sie wüsste, dass Markus mir so überaus romantisch einen Antrag gemacht hat, stünde ich morgen schon vor dem Altar. Sie ist furchtbar, was das angeht. Manchmal befürchte ich, dass sie mein Brautkleid auch schon im Schrank hängen hat."

Es schüttelte mich innerlich bei dem Gedanken.

„Und ihr? Wer von euch will heiraten?"

Mona bekam beinah Herzchen in den Augen und machte ausladende Gesten mit den Armen. „Ich will grooooß heiraten. Richtig groß. Und kirchlich. Mit allem drum und dran."

„Ich leih dir meine Mutter, wenn es so weit ist", scherzte ich, aber Mona schien sich darüber zu freuen. Ich wusste, dass sie zwar ein gutes Verhältnis zu ihrer Mutter hatte, die beiden sich aber kaum treffen konnten.

Bobby grinste Mona an. Ich glaube ja, dass er an ihr interessiert war, aber er unternahm nichts in der Richtung. „Also ich bin dabei, Schätzchen. Sag mir wann und wo, und ich stehe im Frack vorne am Altar und warte auf dich."

Wir lachten gelöst und mir gefiel der Gedanke. Die beiden würden sehr gut zusammenpassen, da war ich mir sicher. Bobby stieß Viper mit dem Ellenbogen an. „Komm schon Junge, du bist dran."

Viper schnaubte abfällig. „Ich halte nichts von Hochzeiten und von der Ehe noch weniger. Mein größter Albtraum wäre es, kirchlich zu heiraten. Wird nie passieren. Das tut sich doch keiner freiwillig an, der bei Verstand ist. Ich bin der Typ ganz oder gar nicht. Und was Beziehungen führen und dann heiraten angeht – definitiv gar nicht." Er lachte und Bobby stimmte mit ein.

Es traf mich, auch wenn ich den Grund dafür nicht kannte. Die Ehe so rigoros abzulehnen war heftig.

Ich gehöre nicht zu den Romantikerinnen, die jetzt behaupteten, er müsse einfach nur die richtige Frau treffen und dann würde sich alles finden. Im Gegenteil, wenn jemand so felsenfest davon überzeugt war, würde er wohl niemals seine Meinung ändern. Vor allen Dingen nicht Viper, so gut kannte ich ihn mittlerweile. Wenn jemand an seinen Entscheidungen festhielt, dann war er es.

„Warum? Weil du dann keine Betthäschen mehr abschleppen kannst?", versuchte Bobby die Stimmung wieder aufzulockern. Und es funktionierte, zum Glück. Wir wussten alle, dass Viper nicht der Typ war, der etwas anbrennen ließ. Aber soweit ich das bisher mitbekommen hatte, war er seinen Partnerinnen gegenüber immer ehrlich und sagte ihnen, was sie von ihm erwarten konnten und was nicht.

Ehrlicher als Markus war er auf jeden Fall.

Enttäuscht zupfte ich meine Serviette auseinander, die Bobby mir zusammen mit dem Cocktail gereicht hatte. Mir war nach mehr Alkohol als in einem Cocktail, hätte mich gern betrunken, aber wie immer hielt mich mein Gewissen davon ab. Immerhin wusste ich, was ich meinem Körper damit zumutete. Und noch viel wichtiger – für mein chaotisches Gehirn – morgen war Mittwoch und ich musste arbeiten. Ich konnte nicht mit Kater arbeiten gehen, auch wenn ich bis zur Spätschicht auf jeden Fall wieder nüchtern wäre.

Arbeit. Wie so oft war es die Arbeit, die mich beschäftigte, auf mehr als eine Art und Weise.

Ich bekam das Gespräch unserer Gruppe nicht mit, war vollauf damit beschäftigt, die Serviette in so kleine Einzelteile wie möglich zu zerlegen. Wie ich es gern mit meinem Chef tun würde, wenn ich ehrlich war. Bis sich eine große Hand über meine kleinen legte und mich damit stoppte. Ich sah hoch – direkt in die fragenden Augen von Viper.

„Was ist los? So niedergeschlagen habe ich dich noch nie gesehen, Kleines."

Normalerweise regte ich mich wirklich auf, wenn er mich Kleines nannte. Das reichte immer, um mich aus schlechter Laune herauszuholen. Sauer zu sein war besser als niedergeschlagen, das wusste er. Aber diesmal funktionierte es nicht.

„Ich kann nicht nach Köln fahren", gab ich schließlich zu, wissend, dass er nicht locker lassen würde. In dem Punkt war Viper wie ein Hund, er einem Knochen nachjagte.

„Wann? Und warum nicht?"

Tief holte ich Luft und versuchte meine Gedanken zu sortieren. „Montag in zwei Wochen. Ich hatte Urlaub genommen, ihn auch schon genehmigt bekommen. Aber dann kam mein Chef vor ein paar Tagen daher und meinte, dass es doch nicht geht. Ich kann nicht die ganze Woche freihaben, wenn, dann nur den Dienstag, den Rest der Woche muss ich da sein. Aber nur den Dienstag freizuhaben nutzt halt nichts.."

„Was ist denn in Köln?", fragte er und ich musste schmunzeln. Klar, ihm als echtem Hamburger sagte das Datum nichts.

„Es ist der dritte März, oder genauer: Rosenmontag. Ich habe schon ewig keinen Karneval mehr gefeiert und habe mich irrsinnig gefreut, es dies Jahr endlich zu können. Und dann klappt es doch wieder nicht, weil ich arbeiten muss. Ich kann nicht Montag nach der Arbeit nach Köln fahren, das passt zeitlich nicht. Dabei vermisse ich den Karneval wirklich." Ich merkte selbst, wie niedergeschlagen ich klang. Nicht mehr viel und ich würde weinen.

„Karneval, hm?" Er stupste mich mit der Schulter an und rettete dann die spärlichen Serviettenreste aus meinen Händen.

„Warst du denn so 'ne richtige Hupf- dohle?", mischte sich Bobby ein, was mich immerhin kurz zum Grinsen brachte.

„So richtig, absolut und vollkommen von ganzem Herzen Funkenmariechen. Ich hab bis zur Ausbildung in einem Tanzverein die Beine geschwungen. Das fehlt mir aber nicht so sehr wie die Stimmung im Karne- val. DAS vermisse ich."

Bobby grinste und machte ein paar anzügliche Bemerkungen darüber, wie hoch ich die Beine wohl schmeißen konnte. Mona machte mit und gemeinsam spekulierten sie darüber, ob ich wohl auch Spagat konnte.

Viper sah mich die ganze Zeit über an, seufzte nach einer Weile und meinte: „Ich werde kein Kölsch ausschenken. Nur Stammkunden dürfen kommen, weil mon- tags eigentlich geschlossen ist. Du wirst mit anpacken hinter der Theke und ausschen- ken, bringst Musik und Deko mit. Und um mich dafür zu entschädigen, wirst du das sexyste Kostüm der Welt tragen, was auch immer das ist."

Mit offenem Mund starrte ich ihn an. „Heißt das ...?"

„Ja, Prinzessin, heißt es. Rosenmontag treffen wir uns verkleidet im *Viper*."

Ich quietschte, fiel ihm überglücklich und lachend um den Hals, drückte ihn fest an mich. Es dauerte nur kurzen einen Moment, dann erwiderte er meine Umarmung. Für einen Moment glaubte ich zu spüren, wie er an meinem Hals tief einatmete, bevor er mich langsam losließ. „Daaaanke", flüsterte ich und drückte ihm einen unschuldigen Kuss auf die Wange. Bei dem meine Lippen genauso kribbelten wie der Rest meines Körpers, den er mit seinem berührt hatte.

„Übrigens", wandte ich mich an Bobby und Mona, „kann ich den Spagat noch heute." Sein erstaunter Blick daraufhin ließ Mona und mich lachen.

„Er stellt sich jetzt vor, was du damit wohl alles im Bett kannst", raunte sie mir ins Ohr und wir lachten noch mehr.

~ ~ ~ ~

Rosenmontag kam schneller als gedacht und ich war aufgeregt. Es war lange her, seit ich ein Kostüm getragen hatte. Ja, ich hatte es vermisst. Und ich hoffte, dass es Viper gefiel.

Unsicher drehte ich mich vor meinem Spiegel und besah mich von allen Seiten. Ein Kostüm wie dieses hatte ich noch nie getragen. Aber: Wenn Viper mich sexy sehen wollte, dann sollte er mich sexy sehen.

Es klingelte an der Tür, ich drückte den Öffner und ging zurück ins Schlafzimmer, um letzte Hand bei meinen Haaren anzulegen. Mona wollte mir mit dem Make-up helfen, da ich damit beim besten Willen nicht zurechtkam.

Und sie wollte sich ein Kostüm von mir leihen. Mein Fundus gab so einiges her. Da sie so schlank war, sollten ihr die Sachen passen. Vielleicht etwas kurz, aber damit hatte sie kein Problem.

Als sie am Schlafzimmer ankam, blieb sie wie angewurzelt stehen. „Heiliges Kanonenrohr, was ist DAS denn?", fragte sie und ließ ihren Blick immer wieder von oben nach unten und zurück über mich gleiten.

„Was?" Ich war plötzlich unsicher. Hatte ich irgendetwas übersehen? Sah ich furchtbar aus?

„Süße, ich weiß ja, dass Viper dich sexy sehen wollte, aber wenn du in dem Aufzug da auftauchst ..."

Weil sie den Satz nicht beendete, war ich vollends verunsichert. Verdammt, ich war Krankenschwester, kein Vamp. Ich konnte nicht in dem Aufzug ausgehen, das war doch nicht ich.

Als ich nach dem Reißverschluss an den Stiefeln griff, löste sich Mona aus ihrer Starre. „Äh, was machst du da?"

„Mich umziehen. War ne doofe Idee, das Kostüm", nuschelte ich. Im nächsten Moment stand sie neben mir und griff nach meinen Händen.

„Von wegen. Ella, du siehst unglaublich aus, aber eben vollkommen anders als sonst. Viper wird sich kaum auf die Bar konzentrieren können, wenn du so neben ihm stehst. Bobby und er werden viel mehr damit beschäftigt sein, alle Kerle abzuwimmeln, die bei dir landen wollen. Du siehst verdammt heiß aus, wirklich. Würde ich nicht ausschließlich auf Männer stehen, würde ich dich auch anbaggern."

Das beruhigte mich und ich grinste sie an. „Dann wirf dich in dein Kostüm, es liegt auf dem Bett, Schwester Mona."

Sie kicherte. „Wenn Bobby mich neben dir überhaupt bemerkt."

Erst da schien ihr klar zu werden, was sie gesagt hatte und sie schlug sich eine Hand vor den Mund. Ich grinste kopfschüttelnd.

„Hilfst du mir mit dem Make-up?"

Sie sah mich noch einmal genau an, bevor sie nickte. „Ich habe schon eine Idee."

~ ~ ~ ~

Das *Viper* war bereits voll, als wir ankamen. Eigentlich sollte die Party erst in einer halben Stunde losgehen, aber scheinbar gab es doch mehr ausgehungerte Karnevalisten in Hamburg, als ich gedacht hätte.

Enzo, ein Freund von Viper, den wir schon einige Male getroffen hatten, fungierte als Türsteher und pfiff uns anerkennend hinterher, als wir an ihm vorbeigingen. Es schien, als hätte er zumindest Mona in ihrer ultrakurzen Schwesternuniform erkannt. Bei einem Blick auf mich hatte er kurz die Stirn gerunzelt. Aber Mona hatte in meinem Gesicht auch ganze Arbeit geleistet, ich hatte mich selbst kaum wiedererkannt.

Wir kämpften uns zur Bar durch die Feierwütigen und ich erinnerte mich daran, dass ich heute mit anpacken musste, also ging ich weiter und trat die Stufe nach oben, auf die andere Seite der Theke, als sich Viper mir in den Weg stellte. Er war als Footballspieler verkleidet, was mich grinsen ließ. Es mochte kein klassisches Kostüm sein, aber es passte so verdammt gut zu ihm.

„Hier ist nur für Personal", dröhnte mir seine Stimme entgegen. Die Stimme, die er immer auflegte, wenn er Menschen einschüchtern wollte. Aber heute ließ ich mich nicht einschüchtern, obwohl die Tonlage mir einen Schauer über den Rücken jagte und Gänsehaut auf meinen Armen verursachte.

„Ich weiß. Deswegen bin ich hier."

Er kniff die Augen zusammen und musterte mich langsam von unten bis oben.

Angefangen bei meinen kniehohen schwarzen Samtstiefeln mit Blockabsatz und vielen Zierschnallen, über die halterlosen Strümpfe mit dem breiten Spitzenrand, der unter meinem dunkelvioletten

Rock hervorschaute, so kurz war dieser vorn. Nach hinten wurde er deutlich länger, reichte beinah bis auf den Boden. Die Bluse, die ich unter einer schwarzen Samtcorsage trug, hatte die gleiche Farbe wie mein Rock, wodurch es wie ein Kleid wirkte. Mit wunderschönen, langen Ärmeln, die wunderbar eng anlagen und einem tiefen Ausschnitt, der durch die Corsage noch mehr betont wurde. Sein Blick streifte das Strasshalsband nur kurz, landete dann für ein paar Augenblicke auf meinen schwarz geschminkten Lippen, von denen ein Streifen Kunstblut aus dem linken Mundwinkel in Richtung Kinn lief. Es schien wie eine Ewigkeit, bis sein Blick sich von meinen Lippen löste und schließlich bei meinen Augen landete, die dramatisch schwarz geschminkt waren und durch rote Kontaktlinsen noch mehr zur Geltung kamen.

Mit der Zunge befeuchtete ich meine Unterlippe und biss schließlich spielerisch mit den künstlichen Reißzähnen hinein, konnte das Grinsen nicht unterdrücken, als sein Blick an meiner Lippe hängen blieb.

„Wenn du dann fertig bist mit sabbern, Vi, würde ich gern meine Schulden einlösen und anfangen zu arbeiten."

Sein Blick schoss wieder hoch zu meinen Augen. „Ella?" Er klang atemlos.

„Wer sonst?", lachte ich und machte einen weiteren Schritt auf ihn zu. Er blieb weiter wie angewurzelt stehen.

„Scheiße, siehst du heiß aus." Kaum ausgesprochen, zuckte er merklich zusammen, als hätte er den Gedanken nicht aussprechen wollen. Das versetzte mir einen leichten Stich, also konzentrierte ich mich lieber auf das gute Kribbeln, das sein Blick auf meiner Haut hinterlassen hatte und genoss seine Worte.

Er fand mich heiß!

„Du hast eine sexy Prinzessin verlangt und eine Sexgöttin bekommen!", brüllte Mona über den Tresen und damit war der Bann gebrochen.

~ ~ ~ ~

Mit Viper zu arbeiten war einfacher als gedacht. Wir hatten schnell den Dreh raus, wie wir uns organisieren mussten, damit es reibungslos lief. Als es etwas ruhiger wurde, entließ er mich aus meiner Schicht und ich konnte mit Mona tanzen. Dafür hatten wir schon am Sonntag nach Ladenschluss alle Tische und Sessel ins Lager geräumt und nur vereinzelt Stehtische an den Rand der improvisierten Tanzfläche gestellt.

Ich liebte es. Ich liebte die Musik, das Flair in der Bar, wie die Leute feierten. Es war beinahe wie in Köln. Und es half mir dabei, für einen Moment allen Frust zu vergessen.

Gefühlt Tage später waren auch die letzten Gäste aus der Bar verschwunden und nur noch wir vier übrig. Wir hatten uns Sessel geholt und gemütlich zusammengesetzt, um die müden Beine auszuruhen.

„Also Ella", begann Bobby, „hat dir unser Karneval gefallen?"

„Ich liebe es!", quietschte ich. Ja, ich war müde, aber ich fühlte mich auch immer noch berauscht von der tollen Party. Und von den zig Telefonnummern, die mir zugesteckt worden waren. Vielleicht würde sich daraus wirklich das ein oder andere Date ergeben und sich in der Richtung endlich wieder was bei mir tun. Es wurde langsam Zeit.

„Na dann bin ich zufrieden." Viper grinste in seinen Whisky und sah immer wieder zu mir. Wenn ich es nicht besser wüsste, würde ich behaupten, dass er mich noch immer musterte.

„Ich finde ja, dass du in dem Aufzug immer hier arbeiten solltest." Bobby wackelte mit den Augenbrauen.

„Ne, lass mal, das ist nichts für mich. Ich komm ja an die Hälfte der Sachen nicht ran."

„Du könntest auf dem Tresen tanzen", warf Mona ein. „DAS wär mal was."

Ich lachte. „Auf keinen Fall. Nicht bei dem kurzen Rock."

Vipers Blick landete wieder auf mir und ich beobachtete ihn dabei, wie er mehrmals schluckte. Vielleicht ließ ich ihn doch nicht kalt.

„Machen wir uns heim?", fragte Mona nach einer Weile und ich seufzte. Ich hatte zwar morgen frei, aber irgendwann sollte ich doch mal ins Bett kommen. Und es war mittlerweile weit nach zwei Uhr morgens.

„Ja, machen wir", stimmte ich schließlich zu und erhob mich mühsam aus meinem Sessel. Die beiden Männer warfen sich Blicke zu und schienen sich damit wortlos abzusprechen.

„Ich bring Mona nach Hause und Viper kümmert sich um unsere Vampirprinzessin", sagte Bobby und griff nach Monas Hand, bevor sie etwas erwidern konnte.

~ ~ ~ ~

Schweigend ging ich neben Viper. Es war ungewohnt, aber mir fiel auch nichts ein, was ich hätte sagen können.

Wir gingen gerade um eine Häuserecke, als ich ein leises Maunzen hörte. Ich blieb stehen und lauschte angestrengt. Viper drehte sich zu mir um, als ihm auffiel, dass ich nicht mehr neben ihm war.

„Was ist los?"

„Psst", machte ich. „Hörst du das?"

Da war es wieder, das Maunzen. Ich schloss die Augen und folgte konzentriert dem Geräusch.

Zwischen zwei Mülltonnen an der Hauswand entdeckte ich schließlich den Karton, aus dem das Maunzen kam. Vorsichtig öffnete ich ihn – und wurde von einem Schwarm Fliegen begrüßt.

„Was machst du da?" Viper ging neben mir in die Hocke.

Man konnte kaum etwas erkennen, also holte er sein Handy heraus und machte die Taschenlampenapp an.

Ich zuckte erschrocken zurück, als ich begriff, was ich da sah. Einen Wurf kleiner Kätzchen!

Ich atmete einmal tief durch und sah wieder in den Karton. Eines bewegte sich und maunzte, ein Zweites schien immerhin noch zu atmen. Für alle anderen kam jede Hilfe zu spät.

„Oh nein", flüsterte ich und nahm die beiden Überlebenden in meine Hände. „Wer macht sowas?"

„Wir nehmen sie mit und päppeln sie auf. Komm, Prinzessin." Er griff vorsichtig nach meinem Arm und half mir auf.

Schweigend legten wir die letzten Meter zu meiner Haustür zurück und er fragte mich nach meinem Schlüssel. Ich lief knallrot an und war froh um das schummrige Licht der Straßenlaterne, die immerhin verhinderte, dass es ihm auffiel.

„Ella? Der Schlüssel?", fragte er nochmal und ich hielt ihm stattdessen die beiden Kätzchen hin.

„Halt mal."

Kaum hatte er sie genommen, griff ich in meine Corsage und zog den Schlüssel aus dem BH. Seine linke Augenbraue schoss nach oben als er mich beobachtete und ich trat mir mental in den Hintern, weil ich mich nicht umgedreht hatte.

„Ähm, das hab ich von Mona", stammelte ich und sah zu, dass ich die Tür aufgeschlossen bekam.

Er folgte mir ins Wohnzimmer und setzte sich auf die Couch, die beiden Kätzchen immer noch sicher in seinen Händen.

Ich lief ins Bad, holte ein großes Handtuch, zurück in die Küche, um Katzenfutter und einen kleinen Löffel zu holen, und ließ mich dann neben ihn auf das Sofa sinken, nahm ihm vorsichtig das schwächere der beiden Kätzchen ab.

„Warum hast du Katzenfutter im Haus?", fragte er leise, als ich gerade dabei war, dem kleinen einen zermatschten Happen davon vor die Nase zu halten.

„Ich habe einen Igel im Garten, der sehr schwach war im Herbst. Also habe ich ihn mit Katzenfutter aufgepäppelt und hab noch ein bisschen was im Schrank davon. Bis der Tierladen aufmacht, sollte das hoffentlich reichen."

Er machte sich daran, das andere Kätzchen zu füttern.

„Ich werde morgen zum Tierarzt müssen mit den beiden. Hoffentlich schaffen sie es."

Ich spürte, wie er seine Hand auf meine Wange legte und die Tränen wegwischte, die ich nicht bemerkt hatte.

„Du bist die beste Krankenschwester, die ich kenne. Du kriegst das schon hin", versuchte er mich aufzumuntern. Ich war ihm dankbar dafür und lächelte ihn an. Sein Blick wanderte zu meinen Lippen und verharrte da. Seine Hand lag immer noch auf meiner Wange, der Daumen strich leicht darüber. „Ich sollte jetzt gehen." Seine Stimme klang dunkler als sonst.

„Oh." Mehr bekam ich nicht raus.

„Ja, ich ... ähm ... hab noch ein Date ... ausgemacht vorhin."

Und puff, war meine kleine Seifenblase geplatzt.

„Wie wirst du die beiden nennen?", fragte er, als das Schweigen zwischen uns unangenehm wurde. Ich stand nach ihm auf, um ihn zur Tür zu begleiten.

Bisher hatte ich nicht darüber nachgedacht und nahm jetzt die ersten Namen, die mir einfielen. „CottonEye und Joe."

„Cotton Eye Joe?" Er lachte schallend los. „Das ist nicht dein Ernst!"

„Oh wohl. Und jetzt raus hier."

Nachdem ich die Tür hinter ihm geschlossen hatte, liefen noch mehr Tränen. Diesmal wusste ich es nicht nur, diesmal taten sie weh.

Ich hatte die riesengroße Befürchtung, mich in meinen besten Freund zu verlieben. Und das durfte auf keinen Fall passieren, weil das nie und nimmer gut ausgehen würde.

Sebastian alias Viper war kein Typ für Beziehungen.

Und ich kein Typ für einen One-Night-Stand mit meinem besten Freund.

Ich würde daten, was das Zeug hielt. Ich würde mich in einen anderen verlieben.

Kapitel 10

13. August 2016

Irgendetwas an der Art, wie er das sagt, ist seltsam. Aber ich kann mich nicht darauf konzentrieren, weil mich in dem Moment der Schmerz überwältigt.

Er war nie mein Freund.

Hätte man mich heute Morgen gefragt, was ich für Viper empfinde, hätte ich gesagt, dass er einer meiner besten Freunde ist und ja, sicher auch, dass ich ihn sexy finde. Wie ein Model aus einer Werbung. Mehr war da nicht. Auf keinen Fall mehr.

Ich gehöre nicht zu den Frauen, die sich in ihren besten Freund verlieben. Auf keinen Fall.

Würde man mich jetzt fragen, könnte ich nicht anders, als in Tränen auszubrechen.

Und genau das passiert. Ich bemerke die Tränen, kann sie trotzdem nicht aufhalten.

Wenn ein unverliebtes Herz bricht, ist das noch schlimmer, als verlassen zu werden, weil der Partner sich plötzlich in das andere Geschlecht verliebt hat, wird mir gerade klar.

„Oh Gott, ich bin so ein Idiot", flüstere ich vor mich hin. „Ich verliebe mich auch noch. So doof ..."

„Ella?", fragt Viper, scheinbar verwirrt. In meinen Ohren klingt es scheinheilig.

Sein Grinsen schwindet. Ob es wirklich aufhört oder nur hinter meinen Tränen verschwimmt, kann ich nicht sagen. Ich bekomme kaum Luft, meine Lungen verweigern den Dienst. Ich habe das Gefühl, dass meine Beine gleich unter mir nachgeben.

Es wird mir alles zu viel.

Ich will mich festhalten, um aufrecht zu bleiben, aber verdammt, ich stehe hier allein vor dem Altar. In dieser viel zu großen, viel zu vollen Kirche.

Ich erlebe die Demütigung meines Lebens.

Ich schäme mich nicht einfach nur, weil meine Mutter so einen Zirkus veranstaltet, statt mir einmal im Leben wirklich zuzuhören. Ich fühle mich so dermaßen gedemütigt, weil ich glaubte, einen Freund zu haben. Jemanden, der mich jedoch scheinbar nicht einmal mag.

Ich bin so doof. So unendlich naiv und vertrauensselig und doof.

Viper bewegt seine Lippen, aber es rauscht so laut in meinen Ohren, dass ich ihn nicht verstehe. Mona kommt zu mir und spricht, aber auch das kann ich nicht verstehen.

Hinter all den Tränen nehme ich wahr, wie Viper einen Schritt auf mich zukommt. Und das bricht den Bann, weckt mich aus meiner Starre. Endlich – endlich! – bewegen sich meine Füße und meine Lippen.

„Die Hochzeit ist abgesagt!", schluchze ich laut, drehe mich um, raffe den Rock meines Kleides und laufe los. So weit weg wie möglich, nur raus hier. Auf dem kürzesten Weg in die Sakristei, direkt links neben dem Altarraum. Ein Hoch auf jahrelangen Kommunionsunterricht in dieser Kirche.

Ich muss weg von den Menschen, die nur da sind, um mich wieder und wieder zu verletzen, sich dabei Freunde und Familie nennen.

Wie scheinheilig.

Es kam der Tag, der meine kleine, heile Hamburger Welt einstürzen ließ.

Mein Chef hatte mich direkt nach Ende meiner Nachtschicht zu sich ins Büro gerufen. Mein Vertrag war nur auf zwei Jahre befristet und die zwei Jahre waren beinah um. Er teilte mir mit, dass er mich nicht behalten könne, ich also in drei Monaten entlassen wäre.

Ich war sauer. Seit bald zwei Jahren machte ich fast ausschließlich die Nachtschicht in der Klinik, ohne mich zu beschweren. Dabei hatten wir eigentlich drei Schichten und sollten regelmäßig wechseln.

Ich kam super mit den Kolleginnen aus, zumindest mit den meisten. Es gab nur eine Kollegin, die zeitgleich mit mir angefangen hatte, wo die Abneigung auf Gegenseitigkeit beruhte. Wir konnten uns absolut nicht ausstehen, was für mich beinah schon etwas Besonderes war.

Karin, meine liebste Kollegin aus der folgenden Schicht, überraschte mich, als ich weinend in der Umkleide saß.

„Was ist denn los, Süße?"

Ich schniefte noch einmal und erzählte ihr dann stockend von dem Gespräch.

„Tja", begann sie, „sie soll mit ihm ins Bett gegangen sein. Deswegen arbeitet sie auch immer nur in den guten Schichten. Und sie hat die Verlängerung schon seit Monaten in der Tasche."

Wunderbar, ich war wirklich begeistert.

Meinen Frust an Karin auszulassen wäre nicht fair gewesen, also packte ich meine Sachen und machte mich auf den Heimweg. Ich schrieb Mona eine SMS, dass ich heute Abend eine Krisensitzung im *Viper* brauchte und sie versprach, so schnell wie möglich nach der Arbeit mitzukommen.

~ ~ ~ ~

Ich rührte gerade lustlos in meinem Cocktail, als Mona neben mir auftauchte.

„Schieß los, welche männliche Laus ist dir über die Leber gelaufen?"

„Mein Chef. Er hat mir heute mitgeteilt, dass mein Vertrag nicht verlängert wird. Sabine bekam die Verlängerung. Wahrscheinlich, weil sie ihm schon zum Frühstück einen bläst und ich nicht."

Es wurde totenstill um mich herum und erst da fiel mir auf, dass ich meine bösen Gedanken laut ausgesprochen hatte. Ich blickte auf – direkt in die fragenden Augen von Viper. War ja klar. Wenn ich mich schon blamierte, dann richtig.

„Hat er dir etwa Avancen gemacht?", fragte Bobby und obwohl er sonst ausgeglichen und ruhig war, beinah wie ein Teddybär, hörte man jetzt deutlich, wie ihn der Gedanke daran aufregte.

„Das nicht. Klar schaut er uns Schwestern immer mal wieder hinterher, aber mehr nicht. Es sind auch keine ekligen Blicke, wenn du weißt, was ich meine." Ich sah zu Mona und sie nickte verständig. „Es war okay. Nicht okay ist, dass ich seit fast zwei Jahren fast nur die verdammten Nachtschichten mache und sie alles andere bekommt, nur weil sie die Beine breit macht für ihn oder den Mund auf oder sonst etwas. Ich bin sauer. Und das ausgerechnet jetzt, wo ich doch gerade erst die Wohnung gekauft habe. Wunderbar. Kann ich mich auch noch um einen neuen Job kümmern."

Ich starrte wieder in den Rest meines Cocktails, als wäre darin die Antwort zu finden.

„Also, Prinzessin, bevor alle Stricke reißen, fängst du bei mir als Kellnerin an.

Mach dir darum mal keinen Kopf. Wir finden schon eine Lösung."

Ich musste grinsen bei seinem Versuch, mich aufzuheitern. Aber es funktionierte. „Vi, ich komme nicht mal an die Biergläser, so klein bin ich, das haben wir doch schon festgestellt. Wie soll ich da hinter der Theke stehen und ausschenken?"

„Na ja, ich könnte dich immer hochheben. Dann spare ich mir das Fitnessstudio."

„Hey!" Ich zupfte die Orangenscheibe vom Glasrand und warf sie nach ihm. Leider flog sie nicht einmal weit genug, um auch nur in seine Reichweite zu kommen.

„Vi, ja?", fragte Mona, als er und Bobby sich um andere Kunden kümmern mussten. Ich zuckte nur mit der Schulter.

„Manchmal, ja."

Wir grinsten uns an.

Kapitel 11

13. August 2016

„Ella?", ruft Mona mir hinterher, aber in dem Moment werfe ich schon die Tür hinter mir zu, drehe den Schlüssel im Schloss und sinke heulend an der Tür hinunter auf den Boden.

Das kann doch alles nicht wahr sein. Das *darf* alles einfach nicht wahr sein.

Gestern war ich noch glücklich. Und heute?

Ja, ich hätte stutzig werden sollen, als meine Mutter Mona und mich in die Wellness-Oase geschleppt hat, um uns auf heute *vorzubereiten*. Vielleicht hätte ich deutlicher sagen sollen, dass ich das nicht brauche. Deutlich hinterfragen, worauf ich eigentlich vorbereitet werden musste.

Und heute Morgen erst recht, als sie mir das Kleid vor die Nase gehalten haben.

Aber konnte ich ahnen, dass der Tag so dermaßen aus dem Ruder läuft?

Ja, wird mir in dem Moment klar. Ich hätte damit rechnen müssen, habe trotzdem alles mit mir machen lassen.

Und warum das so war, wird mir auch klar.

Weil ich gehofft habe, dass jemand da vorne steht und wirklich auf *mich* wartet.

Nicht Markus, der mich wahrscheinlich nie wirklich geliebt hat und seit Jahren eine heimliche Beziehung mit Thomas führt.

Nicht Thomas, der von meiner Mutter angerufen und angeheuert wurde, damit sie ihre Hochzeit doch noch bekommt, ganz egal, ob er nun schwul ist und mit meinem Ex zusammen oder nicht.

Und nicht Alexander/Bobby, der nur dastand, um einen Platz freizuhalten für jemanden, der mich nicht mal als seine Freundin betrachtet.

Aber hat er den Platz überhaupt für Viper *freigehalten*?

Für einen Moment stocken meine Gedanken. Woher wusste Alexander/Bobby überhaupt, was hier heute passiert und wann? Woher wusste Viper, wo ich bin? Meine Eltern hatten keine Möglichkeit, sie zu erreichen. Aber wer sonst?

Und dann wird es mir klar: Mona. Meine beste Freundin.

Die in diesem Moment „Maus, lass mich rein, bitte!", durch die Tür ruft.

„Du hast mich verraten!", schniefe ich. „Warum hast du das getan? Ich dachte, du seist meine Freundin! Und dann planst du den Scheiß mit meiner Mutter?"

„Das sollte so nicht laufen, Viper ist ein Idiot", antwortet sie und ich schluchze noch lauter, höre gar nicht mehr, was auf der anderen Seite der Tür gesprochen wird. Ich will nur noch weg, aber es gibt keinen Weg hier raus.

Es regnete in Strömen, als ich von der Agentur nach Hause ging. Die Busse wurden umgeleitet, also musste ich weiter laufen als sonst. Ich war noch eine Straße vom *Viper* entfernt, als ich wildes Fluchen neben mir hörte, von einer mir nur allzu bekannten Stimme.

„Hey, was machst du denn hier?" Ich grinste, als Viper seinen Kopf aus dem Transporter zog und mich anlächelte, kaum dass er mich erkannte.

„Mich wie eine ertrunkene Ratte fühlen. Ich muss die Lieferung reinbringen, der Wagen will aber nicht wieder anspringen. Also muss ich laufen, weil ich das Zeug schlecht im Wagen lassen kann. Und du?"

„Ich eile zu deiner Rettung."

Ich schob meine Umhängetasche auf den Rücken und schnappte mir eine der Kisten. Verdammt, die waren schwer. Also zögerte ich nicht lang, sondern machte mich direkt auf den Weg zur Kneipe. Je eher wir fertig wurden, umso besser.

Wir mussten noch zwei weitere Male laufen, aber dann hatten wir alles rüber getragen.

Meine Tasche hatte ich zusammen mit der ersten Kiste im Laden gelassen und wollte danach greifen, um mich auf den Weg nach Hause zu machen.

„Wo willst du hin?" Viper sah mich mit zusammengekniffenen Augen an.

„Ähm, nach Hause. Ich habe zwar ein recht gutes Immunsystem, aber ich sollte doch aus den nassen Sachen raus." Mein Pullover und die Jeans klebten an mir wie eine zweite Haut. Ich war froh, dass es draußen warm war, obwohl es erst April war. Sonst wäre ich wohl schon erfroren.

„Quatsch." Sein Blick glitt langsam über mich und machte mich unsicher. Sah ich so schlimm aus, wie ich mich fühlte, oder war es sogar noch schlimmer? Was sah er, wenn er mich ansah? „Ich habe oben Handtücher. Und Kaffee. Vor allen Dingen aber habe ich das hier. Das wärmt dich von innen wieder auf."

Er hielt mir eine Flasche meines liebsten Whisky unter die Nase. Den, den wir bei unserem Kennenlernen getrunken hatten. Ich konnte nicht anders – ich grinste und folgte ihm ins Treppenhaus.

„Ich wusste gar nicht, dass du über der Bar wohnst", versuchte ich ein Gespräch in Gang zu bringen, als er die Tür zu seiner Wohnung aufschloss. Die Stille zwischen uns war nicht unangenehm, aber ungewohnt und machte mich nervös.

„Doch, beinah von Anfang an. Ich hatte die Bar noch keine zwei Jahre, da stand das ganze Gebäude zum Verkauf, für einen Spottpreis. Wäre dumm gewesen, da nein zu sagen. Vor allen Dingen, weil ich so immer direkt vor Ort bin und es nicht weit nach Hause habe, wenn ich doch mal zu viel probiere." Er zwinkerte mir zu und ließ mich zuerst durch die Tür gehen.

„Und vor allem hast du es dann nicht weit mit deinen Eroberungen." Ich grinste breit, als ich an ihm vorbeiging.

Er sagte dazu nichts, sondern strich sich nur mit der Hand über den Nacken. Das tat er immer wieder, wenn ihm etwas unangenehm war oder er verlegen wurde, war mir aufgefallen. Aber warum sollte es ihm unangenehm sein, wenn wir darüber sprachen? In der Bar hatten wir in unserer Runde teilweise noch ganz andere Themen.

„Das Bad ist die erste Tür links. Da sind auch Handtücher im Schrank, frisch gewaschen", wechselte er das Thema. „Ich bring dir gleich ein paar trockene Sachen, damit du aus deinen rauskommst. Du kannst auch heiß duschen, um dich aufzuwärmen. Fühl dich wie zu Hause. Kaffee?"

„Gerne." Ich sah mich neugierig um. Viel konnte ich vom Flur aus von seiner Wohnung noch nicht sehen, aber was ich sah, gefiel mir ausnehmend gut. Dann betrat ich das Badezimmer und mir blieb vor Staunen der Mund offen stehen.

Keine Ahnung, was ich erwartet hatte. Aber nicht diese Oase, wie ich sie vor mir hatte.

Die Farben waren wie in der Bar, helle cremefarbene Wände, dunkler Boden. Eine grandiose, freistehende Badewanne vor einer Wand aus bunten Glasbausteinen, hinter der sich vermutlich die Dusche befand.

Ich trat langsam näher und sah hinter die Wand. Jepp, die Dusche. Mit Regenschauer-duschkopf. Und Düsen an den Seiten. Wie auch in der Bar unten waren die Glasbau-steine indirekt beleuchtet und wirkte stim-mig und einfach genial.

„Wow", war alles, was ich noch heraus brachte, bis Viper hinter mir in der Tür auf-tauchte. Er zeigte mir den Schrank, ver-steckt in der Wand neben dem Wasch-becken, und die Handtücher darin.

„Fühl dich wohl, Prinzessin."

„Verdammt Viper, das Bad ist ein Traum. Wann kann ich einziehen?"

Er lachte nur und verließ mit einem Handtuch in der Hand den Raum, schloss die Tür hinter sich. Er konnte mich doch nicht so abspeisen!

Als ich aus der Dusche kam, fand ich einen Stapel Kleidung auf dem Waschtisch.

Meine nassen Sachen hatte ich über den Badewannenrand gehangen, um sie zumindest halbwegs trocknen zu lassen, bevor ich mich wieder auf den Weg nach Hause machte.

Ich zog seine Sachen über und musste grinsen. Allein das Shirt reichte mir bis zur Mitte der Oberschenkel. Die Jogginghose musste ich fünfmal umkrempeln, damit sie nicht mehr auf den Boden hing.

Ich verließ das Bad und folgte klappernden Geräuschen bis in die Küche.

„Hey, Kaffee ist gleich fertig. Setz dich."

Konnte ich nicht. Mein Gehirn blockiert jede Bewegung. Viper stand in der Küche – oben ohne.

So lang wir uns schon kannten, ich hatte ihn noch nie oben ohne gesehen.

Ich hatte den perfekten Ausblick auf seine Rückenmuskeln.

Verdammt, ich wusste bisher nicht, dass ein muskulöser Rücken so sexy aussehen konnte. Dabei hatte ich als Krankenschwester wahrlich genug Rücken zu sehen bekommen.

Als er sich zu mir umdrehte, klappte meine Kinnlade schlussendlich komplett herunter. Seine Brust sah noch besser aus. Man sah den Muskeln an, wie fest sie sein mussten. Ein perfektes Sixpack. Leichte, dunkle Brustbehaarung, weder zu viel, noch zu wenig. In meinen Augen gab es nichts Schlimmeres als eine zu behaarte Brust. Aber seine war perfekt. Ein schmaler Streifen Haare, der von seinem Bauchnabel zum Bund seiner Jogginghose führte. Wie gerne würde ich ...

„Fertig mit Starren?" Er lachte und mein Blick schoss nach oben. Mir wurde warm und ich hoffte, dass ich nicht annähernd so rot anlief, wie es sich anfühlte. Peinlicher ging echt nicht.

„Du hast kein Tattoo", sagte ich schließlich, während ich versuchte, einen der Barhocker zu erklimmen, die vor seiner Küchentheke standenund hätte mir am liebsten selbst eine Kopfnuss verpasst, weil mir kein besserer Spruch eingefallen war. Immerhin schien es ihn von meiner peinlichen Sabbereinlage abzulenken.

„Ist das jetzt gut oder schlecht?"

„Ich weiß nicht", gab ich zu. „Ich hätte dich nur für einen Tattoo-Typen gehalten."

„Wie sind wir Tattoo-Typen denn so?" Er grinste mich an.

„Anders als ich auf jeden Fall. Ich bin ein weiblicher Tattoo-Typ. Du nicht."

Er lachte schallend. „Na immerhin bin ich kein weiblicher Typ. Was für ein Tattoo würde denn zu mir passen? Oder anders: Was hättest du denn erwartet, das ich für immer unter der Haut trage?"

„Oh, ich hätte irgendein Seemannszeug erwartet. Ein Pin Up-Girl, das auf einem Anker sitzt, auf deinem Oberarm. Und einen Schriftzug mit ihrem Namen."

Er sah mich so schockiert an, dass ich kurz laut auflachte.

Er nahm zwei Gläser aus dem Schrank, füllte sie mit Whisky und wandte sich dann zur Kaffeemaschine.

„Der einzige Frauenname, den ich mir unter die Haut stechen lassen würde, wäre Eleonora."

Für eine Sekunde blieb mein Herz stehen und ich fragte krächzend „Warum ausgerechnet den?", während er die beiden Kaffeetassen auf den Tresen vor mir stellte.

„So heißt meine Mutter."

Ich brauchte einen Moment, dann musste ich mich sehr zusammenreißen, um nicht schallend loszulachen. Es nutzte nur nichts.

Mein ganzer Körper bebte, bis das Lachen schließlich aus mir herausbrach. So sehr, dass ich beinahe vom Hocker gefallen wäre, wenn Viper nicht im gleichen Moment vor mir gestanden und mir die Hand in den Nacken gelegt hätte, um mich zu stützen.

Er stand so nah vor mir, dass ich seine Körperwärme spüren konnte und seinen ganz eigenen Körpergeruch wahrnahm. Nicht nach Schweiß und nicht unangenehm. Einfach nur Viper, vollkommen ungefiltert.

„Was ist so lustig?", fragte er, als mein Lachen wieder abklang.

„Weißt du", begann ich und musste mich sehr auf die Worte konzentrieren. Seine Hand lag immer noch in meinem Nacken, hinterließ ein Kribbeln auf meiner Haut. Und als er mit dem Daumen dann noch leichte Kreise an meinem Hals zeichnete, glaubte ich zu verbrennen. „Mein Name ... mein erster Name ... ist Ellijonora."

Ich sah noch, wie sich seine Lippen zu diesem gefährlichen Grübchenlächeln verzogen, bevor sein Gesicht meinem immer näher kam und mein Denkvermögen mehr und mehr aussetzte. Mein Herz legte einen Salto hin und schlug danach dreimal so schnell weiter.

„Das, Prinzessin, ist ein Zeichen."

Ich wollte ihn fragen, wofür das ein Zeichen war. Und ob es gut war oder schlecht. Aber meine Gedanken kamen schlagartig zum Stillstand, als ich seinen Atem auf meinen Lippen spürte.

Ich schloss die Augen. Es fiel mir irrsinnig schwer, still zu halten und das Seufzen zu unterdrücken, das in meiner Kehle aufsteigen wollte. Und gerade, als ich schon meinte, seine Lippen spüren zu können, ertönte ein viel zu lautes „Hey Boss, ich bin da und räum' den Kram ein" aus dem Flur.

Bobby war da.

Ich war mir nicht sicher, ob ich ihm dankbar sein sollte, oder ihn doch lieber schlagen, weil er diesen Kuss verhindert hatte.

Meinen ersten Kuss seit einer halben Ewigkeit.

Viper räusperte sich und ließ mich los. „Ich geh mal sehen, dass ich ihm helfe, muss er nicht alles allein machen. Trink in Ruhe deinen Kaffee, Prinzessin. Dann bringen wir dich nach Hause."

Okay, also kein Kuss. Ich stöhnte auf, nachdem er die Wohnung verlassen hatte. Wunderbar. Das war ja genauso erfolgreich verlaufen wie meine letzten Dates.

Kapitel 12

13. August 2016

Nach und nach werden meine Schluchzer leiser und ich höre ein Räuspern durch die Tür und dann, wie Pfarrer Jahns „Kindchen, nu mach mir mal die Tür auf" sagt. Ich kann nicht anders, ich quäle mich langsam hoch, wobei mir die schwarzen Flecken auf dem Rock auffallen. Ich will gar nicht wissen, wie weit sich die Mascara in meinem Gesicht verteilt hat, wenn sie schon mein Kleid ruiniert. Scheint, als hieße wasserfest nicht auch automatisch katastrophenfest.

Und dann muss ich innerlich über mich selbst lachen.

Ich stehe hier, in einem scheußlichen Brautkleid, in einer viel zu großen Kirche, an meinem Nicht-Hochzeitstag und mache mir Gedanken darum, dass ich das Kleid ruiniert habe.

Viper hat recht. Ich habe sie nicht mehr alle. Und genau deswegen sollte mich wohl besser niemand heiraten.

Ich sehe mich um und finde ein kleines Tischchen neben der Tür, auf dem Taschentücher liegen. Damit versuche ich, so gut es geht, die Katastrophe unter meinen Augen zu beseitigen, die ich zum Glück nicht sehen kann. Noch einmal hole ich tief Luft und dann schließe ich auf, um Pfarrer Jahns eintreten zu lassen. Es ist schließlich seine Kirche, da kann ich ihn nicht einfach so aussperren.

Nur ist er nicht allein. Mona und meine Mutter stürmen direkt hinter ihm in den Raum, der jetzt bereits voll wirkt. Mein Vater bleibt in der Tür stehen, er hat es nicht so mit engen Räumen. Jetzt gerade kann ich ihn sehr gut verstehen.

„Sie sind alle gegangen", sagt er und sieht mich mitleidig an.

Mitleid in den Augen meines Vaters. Super. Wahrscheinlich glaubt er immer noch, dass ich eigentlich hatte heiraten wollen. Einen Leopold, den es nicht gibt.

Verdammt, vielleicht haben alle recht und ich habe das wirklich gewollt, es nur nicht gewusst. Aber ich weiß gerade gar nichts mehr.

„Es tut mir leid, Ella", jammert Mona. „Ich dachte nicht, dass er so ein Idiot ist. Alex und ich hatten den perfekten Plan. Wir dachten, dass ihr dann endlich mal merkt, was wir anderen schon seit Ewigkeiten wissen."

„Wie konntest du nur?", heule ich und muss dagegen ankämpfen, dass noch mehr

Tränen hervorquellen. Es gelingt mir nur halbwegs.

Zumindest, bis Viper in den Raum kommt. „Kleines, bitte ...“

Und schon sind sie wieder da, die Millionen Tränen und das laute Schluchzen, das meine Beine unter mir nachgeben lässt.

„Geh einfach!“, will ich ihn anbrüllen, aber komme nicht dazu, weil er plötzlich direkt vor mir ist und mich an sich zieht. Seine Arme fühlen sich an wie ein Schraubstock, halten mich so fest, dass ich kaum atmen kann.

„Geh einfach“, versuche ich es nochmal, aber es kommt eher wie ein Wimmern heraus.

„Verdammt, es tut mir so leid“, flüstert er mir ins Ohr und drückt seine Lippen darauf. „Es tut mir so leid.“

„Du hast ja recht“, heule ich an seiner Brust. „Ich bin die schlimmste Braut, die man sich wünschen kann. Ich bin furchtbar. Ich schaff ja nicht mal zwei Dates mit dem gleichen Mann. Du hast recht.“

Er räuspert sich leise, trotzdem hört sich seine Stimme rau an, als er spricht. „Na ja, das mit den Dates ist wohl meine Schuld.“

„Ich finde, Ella braucht ein Date. Wir suchen ihr jetzt eins."

Mein Stöhnen war beinah laut genug, um auch in der letzten Ecke der Bar gehört zu werden.

Ich erinnerte mich noch zu gut an das Desaster vom letzten Mal, als Mona exakt diesen Vorschlag gemacht hatte. Dass Bobby jetzt zustimmend nickte, machte es nur noch schlimmer: Zwei gegen mich.

Viper hielt sich raus, brummte irgendwas davon, dass er Nachschub holen müsse, und verschwand im Lager. Wollte ich auch gern, verschwinden. Aber leider war mir das nicht vergönnt.

„Also, ich habe da diesen Arbeitskollegen aus der Sportabteilung. Dirk. Der würde super zu dir passen. Er ist *kein* Sportfanatiker, keine Angst, das habe ich schon geklärt. Aber er trainiert regelmäßig, um sich in Form zu halten. Geht gern joggen, wie du."

Mona bezog sich auf meine kläglichen Versuche, mich davon abzulenken, dass die ersten Dates nach der Trennung von Markus grauenhaft verlaufen waren und die danach sogar noch schlechter. Dies wäre dann Date Nummer dreiundzwanzig, seit ich in Hamburg wohnte. Immerhin schon fast vier Jahre.

Dafür, dass ich in den ersten zwanzig Monaten keine Dates hatte, holte ich langsam auf. Dank Mona, die mich immer wieder dazu überredete.

Irgendwann war ich genervt gewesen, als Date Nummer zwölf oder dreizehn nicht einmal erschienen war. Er hatte sich auch nie wieder gemeldet und auf meine einzelne Nachricht, ob alles okay sei, nie reagiert.

Und ja, ich war mir sicher, dass es ihm eigentlich gut ging. Er arbeitete eine Etage über der Marketingagentur, in der ich vor zwei Jahren als Sekretärin angefangen hatte. Einen Job als Krankenschwester in Hamburg zu finden hatte sich als schier unmöglich herausgestellt. Ich hatte das als Zeichen genommen mich beruflich zu verändern.

Da ich sowohl tippen, als auch gut organisieren konnte und mit dem Computer gut klarkam, hatte man mir die Chance gegeben, mich zu bewähren.

Mein Chef war ein Bekannter von Viper und ich hatte den Verdacht, dass man ihm damit einen Gefallen getan hatte. Aber ich wollte ihn nicht fragen. Ich war froh, überhaupt etwas gefunden zu haben, ohne passende Ausbildung.

Und mein Chef war nett. Hatte zwar die komische Eigenart, uns alle mit Vornamen anzusprechen und doch zu siezen, aber hey, das war Marketing, dachte ich mir.

Jedenfalls hatte ich irgendwann einen Sportladen gestürmt und mich beraten lassen, was schnell ging, nicht irrsinnig aufwendig war, wo ich flexibel war, mich aber dennoch auspowern konnte. Da blieb fast nur joggen.

Die passende Ausrüstung war schnell gekauft und ich hatte mit dem *Training* angefangen. Was daraus bestand, nicht schon nach hundert Metern tot umzufallen, weil ich keine Luft mehr bekam.

Natürlich blieben meine Versuche nicht unbemerkt, wäre ja auch zu schön gewesen.

Bobby hatte mich an der Alster laufen sehen und es bei der nächsten Runde brühwarm erzählt. Danach war es vorbei gewesen mit meinem Einzeltraining. Viper sah sich als perfekten Trainer und coachte mich.

Ja, es wirkte. Mittlerweile rannte ich meine fünf Kilometer dreimal die Woche mit ihm zusammen und war traurig, wenn einer von uns absagen musste. Ich genoss die Runden mit ihm.

Genau da lag auch mein Problem. Ich genoss sie viel zu sehr.

Auch ohne das Mona jemals so deutlich gesagt zu haben, schien sie doch zu merken, dass ich weiter dabei war, mich in Viper zu verlieben. Was niemals passieren durfte.

Nicht nur, weil unsere Freundschaft darunter leiden würde. Nein, die ganzen Abende zusammen in unserer Runde würden es.

Es fiel mir zunehmend schwer, dabei zuzusehen, wenn Viper mit anderen Frauen flirtete.

Ganz schlimm war es für mich, wenn ich mit einem Date in der Bar war. Dann schien er sich noch mehr auf die anderen Weiber zu konzentrieren. Oder eben weniger auf mich. Und das gefiel mir nicht.

„Okay", gab ich also nach, bevor Mona die große Überredungskeule rausholen konnte. „Gib ihm meine Nummer, er kann mich ja mal anrufen."

Sie zog die Augenbrauen hoch. So leicht hatte sie mich noch nie zu einem Date überreden können.

„Cool!", freute sie sich dann trotzdem.

Und ich war brav. Ich machte das Date aus, als er mich anrief.

Es lief auch gut, das erste Date.

Wir waren zusammen im Museum, in einer Ausstellung, die uns beide interessierte. Das zweite Date wollte er dann im *Viper* haben, weil Mona ihm schon so davon vorgeschwärmt hatte, er aber noch nie dagewesen war. Also stand auch das bald.

Wir hatten einen lustigen Abend, saßen an einem Einzeltisch und unterhielten uns fantastisch. Ich mochte ihn wirklich.

Ich war nicht verliebt, aber ich war mir sicher, dass das noch passieren würde mit der Zeit. Er war klasse, genau wie Mona versprochen hatte.

Ich entschuldigte mich kurz, um auf die Toilette zu gehen. Doch als ich wiederkam, war unser Tisch leer. Es standen nicht mal mehr die Gläser darauf. Meines war noch nicht leer gewesen, also war ich mehr als verwundert, dass sich unser Abend scheinbar in Luft aufgelöst hatte.

Kapitel 13

13. August 2016

„Was?", krächze ich und will ihn ansehen, aber seine Hand auf meinem Hinterkopf drückt meine Stirn weiter gegen seine Brust. Verdammt, was muss er auch so groß und stark sein?

Ich höre, wie Alexander/Bobby lacht. Ist er etwa auch immer noch hier? Mein Vater sagte doch, es seien alle gegangen und dabei dachte ich auch an meine Freunde. Oder die Menschen, die vorgaben, solche zu sein.

Viper räuspert sich nochmal. „Na ja, es könnte sein, dass ich deine Dates ein bisschen ... verschreckt habe. Zumindest die, die du mit in meine Bar gebracht hast."

Ich runzele die Stirn. Wie gut, dass meine Mutter das nicht sehen kann. Sie würde mich nur wieder darauf hinweisen, dass das Falten gibt. Aber die sind mir gerade sowas von egal.

Jetzt lacht Alexander/Bobby lauter und sagt: „Jepp, und wenn er nicht da war, hatte ich die Aufgabe, sie ein wenig *abzulenken* von dir."

Oh Gott! Es ist noch viel schlimmer, als ich dachte. Je länger dieser Traum dauert, umso schlimmer wird er.

„Warum hasst du mich so sehr?", heule ich wieder los und kralle meine Finger in sein Hemd.

„*WAS*?" Viper hält für einen Moment die Luft an und ich kann sogar spüren, wie sein Herz direkt vor meiner Stirn aus dem Takt gerät.

„Was hab ich dir getan, dass du mir meine Dates versaust und meine Hochzeit? Warum? Warum bin ich nicht gut genug?"

Ich höre wie meine Mutter und Mona irgendetwas sagen, kann über mein Schluchzen die Worte aber nicht verstehen. Viper murmelt immer wieder „Sch, sch" in mein Haar und sagt irgendwann leise: „Ich hasse dich nicht, Kleines, eher ist ... das Gegenteil der Fall."

Keine Ahnung, wie lange ich versucht habe, mich zu beruhigen, schlussendlich versiegen die Tränen.

Ich fühle mich leer. Vollkommen leer. Und einsam, auch wenn ich direkt auf dem Schoß von Viper sitze. Irgendwann muss er mich hochgehoben und sich gesetzt haben und ich habe es nicht einmal gemerkt.

Wie auch? Mein ganzes Leben liegt in Scherben. Zumindest der Teil, der meine Familie und meine Freunde betrifft.

Antworten. Ich brauche Antworten, schießt mir durch den Kopf und ich frage noch einmal.

„Warum das alles?"

„Weil ich ... verdammt, Ella, ich kann nicht zusehen, wie du dein Leben mit einem Idioten verplemperst, der nicht zu dir passt! Oder einen noch größeren Idioten heiratest, der dich vor Jahren hat gehen lassen. Ich bin hier, um genau das zu verhindern."

„Aber du hast gesagt, dass du *ihn* vor einem Fehler bewahren musst!"

Er seufzt. „Mich selbst, Kleines, mich selbst. Ich kann nicht weiter dabei zusehen, wie du immer wieder an mir vorbeigehst."

„Verdammt nochmal Viper!", rufe ich, richte mich auf und schlage ihm mit der flachen Hand gegen die Brust. Den leicht gelallten Hinweis von Pfarrer Jahns, dass wir uns immer noch in einem Gotteshaus befinden, ignoriere ich. Entschuldigen kann ich mich später immer noch. Außerdem brennt meine Hand, das ist Strafe genug. Wie war das noch mit den kleinen Sünden und dem lieben Herrgott?

„Wir sind nicht mal Freunde, hast du selbst gesagt. Es geht dich nichts an, wen ich heirate und wen nicht!"

Ich schaffe es, mich aus seinem Klammergriff zu befreien, raffe meinen Rock und laufe los Richtung Tür, bemerke auf den ersten Blick nur noch den Pfarrer bei uns in der Sakristei, als sich kurz vor der Tür Vipers starker Arm um meine Taille schlingt und mich aufhält. Egal wie sehr ich strample, diesmal komme ich nicht frei.

„Wir klären das jetzt ein für alle Mal, verdammt!", zischt er mir ins Ohr. „So eine Scheiße tu ich mir nicht weiter an!"

Er dreht uns zum Pfarrer und sagt irgendwas. Ich bin zu sehr damit beschäftigt, mich doch irgendwie freizukämpfen, um ihm zuzuhören, aber mein Kampf scheint aussichtslos. Sein Arm lässt nicht einen Millimeter locker.

Ich höre, wie Pfarrer Jahns etwas sagt, Viper antwortet, und ich zappele immer noch wie wild in seinen Armen. Verdammt, muss dieser Kerl so stark sein? Ich bin klein, ja, aber ich hab mich selten so unterlegen gefühlt wie jetzt.

„Ellijonora, hast du mich verstanden?", fragt Pfarrer Jahns und ich halte überrascht einen Moment inne.

„Ähm ...", beginne ich, werde aber von Viper unterbrochen, der mir ins Ohr flüstert.

„Willst du mir zuhören, damit wir das hier zwischen uns ein für alle Mal klären können? Bitte?"

Pfarrer Jahns sieht aus, als wolle er etwas sagen, aber ich bin schneller. „Ja, will ich", gebe ich mich geschlagen und seufze, verschränke die Arme vor der Brust.

„Gott sei's gedankt!", ruft Pfarrer Jahns und wirft die Hände hoch. „Herr und Frau von Holthausen – herzlichen Glückwunsch! Sie dürfen die Braut jetzt küssen!"

„Was ...", fange ich an, komme aber nicht weit. Ich höre noch, wie Viper ein undeutliches „Endlich" murmelt und dann sind seine Lippen auch schon auf meinen.

„Hier, Ella!" Bobby rief mich an die Theke und ich ging zu ihm. Als er mir mein halbvolles Glas hinschob, war ich vollends verwirrt. „Oder soll ich dir ein frisches machen?", fragte er, weil er meinen Blick wohl falsch deutete.

„Ne, lass mal. Aber hast du gesehen, wo Dirk hin ist? Eigentlich war der Abend noch nicht vorbei, dachte ich."

Er druckste herum. Das war nicht gut. Viper sah zu mir, rieb sich dann mit der Hand den Nacken und ging in die Hocke, verschwand aus meinem Blickfeld. Wenn ich das Klappern richtig deutete, sortierte er die Schränke neu.

„Ähm, der ist gegangen", presste Bobby schließlich hervor.

„Ach so." Ich hörte selbst, wie kraftlos meine Stimme klang. Und wie wenig überrascht.

Das war eines der wenigen Dates, bei denen es eine Wiederholung gegeben hatte. Alle anderen blieben Eintagsfliegen. Aber es war eine Premiere, dass der Abend kommentarlos früher beendet wurde.

„Er sagte was von wegen Katze vom Tierarzt holen, oder so."

Ich stieß schnaubend die Luft aus. „Schon klar. Dabei hat er mir erzählt, er sei allergisch gegen Katzen. War ja klar. Wieso sollte ich auch mal Glück in der Liebe haben?"

Eigentlich dachte ich, ich hätte nur leise vor mich hin gemurmelt, aber Viper, der wieder aus der Versenkung aufgetaucht war, schien mich gehört zu haben.

„Bist du in ihn verliebt?", fragte er und klang dabei irgendwie ... reumütig. Aber vielleicht war es auch einfach nur Mitleid.

„Nein." Ich seufzte und er schien erleichtert. „Aber ich mochte ihn und hätte mich verlieben können. Und so nah wie heute bin ich einem Kuss schon verdammt lange nicht mehr gekommen."

Er machte den Mund auf, um etwas zu sagen, stoppte aber, als Bobby ihn wütend ansah und ihm den Ellenbogen in die Rippen stieß. Ich hatte keine Ahnung, was zwischen den beiden heute abging, wollte es aber auch nicht hinterfragen. Dazu hatte ich absolut keine Energie mehr.

„Huhu", tauchte Mona neben mir auf, als ich die letzten Schlucke meines Cocktails trank. „Ist Dirk schon weg? Ich dachte, ihr trefft euch heute zum zweiten Mal?"

„Jepp, war da, ging heimlich, still und leise, als ich auf dem Klo war. Wie immer.

Wäre ja auch zu schön gewesen, wenn ich mal ein zweites Date hätte, das nicht aus dem Ruder läuft. Tut mir leid, ich habe schlechte Laune und geh besser nach Hause. Morgen Abend Pizza bei mir?" Ich gab ihr keine Chance zu antworten, sondern drückte ihr einen Kuss auf die Wange und machte mich auf den Heimweg.

Kurz vor der Tür hörte ich noch, wie sie ein wütendes „Lass den Scheiß verdammt nochmal sein und klär das endlich" rief, aber scheinbar meinte sie nicht mich. Sie würde mir morgen erzählen, was los war.

Kapitel 14

13. August 2016

Seine Lippen sind unglaublich weich und liegen zuerst sanft und zart auf meinen. Aber als ich mich nicht bewege, werden sie mutiger. Er streicht mit seinen leicht geöffneten Lippen über meine, saugt meine Unterlippe ein, bis ich nicht anders kann und seufzen muss. Verdammt ... So unschuldig dieser Kuss bisher auch ist, so sehr geht er mir unter die Haut.

Meine Lippen kribbeln, in meinem Bauch fliegen wieder Millionen von Schmetterlingen wild durcheinander. Ich will mehr, lehne mich langsam gegen ihn und kann nicht anders, als meine Lippen ebenfalls zu öffnen.

Viper scheint nur darauf gewartet zu haben, denn ohne zu Zögern vertieft er den Kuss. Seine Zunge tastet sich langsam vor, fährt die Umrisse meiner Lippen entlang und als meine Zunge seiner entgegen kommt, explodiert meine Welt vollends.

Er wird hungriger, küsst mich fordernder, übernimmt die Führung und ich kann nicht anders, als meine Finger in sein Hemd zu krallen, den Kopf weiter in den Nacken zu legen und einfach auf ihn zu reagieren.

Verdammt, dieser Mann küsst mich, als sollte es so sein, als hätte er nie etwas anderes getan. Als wäre dies nicht unser erster Kuss, sondern als hätten wir es schon tausende Male getan.

Es ist der perfekte Kuss. Wenn ich jetzt aufwache, wäre das verdammt schade.

Zu denken, während Viper mich küsst, ist schlicht und ergreifend unmöglich. Ich hatte schon einige gute Küsse, aber keiner – wirklich keiner – kommt an den hier ran. Mein Gehirn ist leer. Wirklich leer. Und wenn ich leer sage, dann meine ich auch leer. Ich glaube, ich kann mich nicht einmal mehr an meinen Namen erinnern.

Irgendwann dringen wieder Geräusche von außen an mein Ohr. Ich höre Mona und meine Mutter, beide jubeln.

Aber warum?

Ich runzele die Stirn – langsam aber sicher bekommt das Methode heute – kann mich aber nicht dazu aufraffen, den Kuss zu beenden.

Viper scheint jedoch zu spüren, dass ich mich zurückziehen will, und beendet von sich aus langsam den Kuss.

Perfekt. Von Anfang bis Ende. Ich bin sprachlos, atemlos und halte die Augen geschlossen, lehne meine Stirn wieder an seine Brust, bis sich mein Atem langsam beruhigt.

„Ich freuuuuuu mich ja so!", jubelt meine Mutter, was mich wieder daran erinnert, dass da etwas war, das mich durcheinandergebracht hat. Ich versuche, mich daran zu erinnern, aber es will mir nicht gelingen.

„Wer hätte das gedacht! *Ellijonora Marie von Holthausen!*"

DAS lässt mich vollends aus meiner Trance erwachen.

„Was? Wieso von Holthausen? Ich bin Ellijonora Hansen", sage ich und blicke erst zu meiner Mutter, die breiter lächelt als die Grinsekatze höchstpersönlich und dann hoch zu Viper, der mich ebenfalls anlächelt. Mit diesem gefährlichen Lächeln, das meinen ganzen Körper kribbeln lässt. Bei dem man sogar seine Grübchen sehen kann. Verdammt.

„Na ja, jetzt nicht mehr. Immerhin bist du jetzt meine Frau."

Und dann kommt es. Das schwarze Loch, das mich einsaugt.

Ich merke, wie meine Sichtränder verschwimmen und immer dunkler werden. So sehr ich es mir auch den ganzen Tag herbei gewünscht habe – jetzt gerade kommt es unpassend.

Bevor ich noch irgendetwas sagen kann außer „Oh Gott" hat es mich vollends gefangen. Ich sacke ohnmächtig zusammen.

Meine Eltern waren zu Besuch. Mussten sie ja auch, immerhin hatte ihr *Töchterchen* – so die Aussage meiner Mutter – nur einmal im Jahr Geburtstag, den dreißigsten noch dazu.

Dass der dann noch dazu im Sommer war und man auch in Hamburg super im Garten sitzen konnte, jetzt, wo ich einen an meiner Eigentumswohnung hatte, begünstigte das Ganze natürlich noch.

Um es noch günstiger zu machen, wollte meine Mutter meinen Vater ins Musical schleppen. Sie würden also ganze zwei Tage in Hamburg verbringen. Es war das erste Mal, dass sie mich überhaupt in Hamburg besuchten.

Aber ich wollte mich nicht beschweren. Immerhin waren sie da. Und schliefen Gott sei Dank im Hotel.

Wir saßen gerade zusammen mit Mona auf der Terrasse und genossen den Kuchen (selbst gebacken, das konnte ich immerhin, auch wenn ich sonst in der Küche heillos überfordert war), als es an der Tür klingelte.

„Erwartest du noch jemanden?", fragte meine Mutter und ich hätte gern eine freche Antwort gegeben, unterließ es jedoch lieber.

„Eigentlich nicht, bin gleich wieder da." Mit den Worten hechtete ich zur Tür, weil es zum zweiten Mal klingelte. Wer auch immer das war, schien es nicht abwarten zu können.

Als ich die Tür öffnete, verstand ich auch, warum. Bobby stand vor mir und hielt einen sehr blassen und in sich zusammengesunkenen Viper mehr schlecht als recht aufrecht.

„Was ist passiert?", fragte ich und ging sofort zur Seite, damit sie hereinkommen konnten.

„Hallo Prinzessin", sagte Viper, bevor er die Augen verdrehte und ohnmächtig wurde.

„Es gab eine Auseinandersetzung im Jugendclub und er meinte, den Helden spielen zu müssen, und ist dazwischengegangen. Er hat ein Messer in die Seite bekommen. Er weigert sich, ins Krankenhaus zu gehen, kannst du dir das ansehen? Wohin mit ihm?"

Bobby sprach so schnell, dass ich Mühe hatte, ihm zu folgen. Ich schüttelte kurz den Kopf und fiel augenblicklich in den Krankenschwesternmodus. Es war lange her, dass ich dies getan hatte.

„Schlafzimmer, zweite Tür rechts. Direkt aufs Bett. Einfach auf die Decke. Ich hol Verbandszeug." Schon war ich unterwegs und fragte mich einen Moment, ob ich mein Schlafzimmer aufgeräumt hatte, oder ob da vielleicht noch meine Unterwäsche von gestern auf dem Boden lag. Aber selbst wenn, gerade hatten wir andere Sorgen.

Mit meinem Verbandskasten – der weitaus besser ausgestattet war als ein normaler, immerhin habe ich jahrelang in der Notaufnahme gearbeitet. und will immer auf jede Katastrophe vorbereitet sein – hastete ich zurück ins Schlafzimmer.

Ich rief meiner Familie nur ein „Notfall, dauert einen Moment" durch das Wohnzimmer zu und schon hockte ich neben Viper, der regungslos auf meinem Bett lag.

„Wo?", fragte ich, sah aber im gleichen Moment schon den Riss in seinem Shirt und das Blut drumherum. Verdammt, das sah nach viel Blut aus.

„Wir müssen ihm die Lederjacke ausziehen, das Shirt am besten auch. Hat er ihn nur einmal erwischt?"

„Soweit ich das gesehen habe, ja."

„Bobby, wenn ich das nicht kitten kann, müssen wir den Notarzt rufen", sagte ich mit fester Stimme, während er Viper aufrichtete, damit ich ihm die Lederjacke ausziehen konnte. Er würde uns umbringen, wenn wir sie zerschnitten.

„Und das Shirt?"

„Zerschneide ich, leg ihn wieder ab." Schon hatte ich eine große Schere in der Hand und zerschnitt es auf der Seite der Wunde, um besser sehen zu können, was mich erwartete.

„Ich brauche nasse Handtücher, um das etwas sauber zu machen. Bad ist die nächste Tür links."

Während ich mir Einmalhandschuhe anzog und den Stich besah, holte Bobby Handtücher. Die Wunde war zwar lang, aber nicht sonderlich tief, schien also keine wichtigen Gefäße oder Organe verletzt zu haben.

Das war gut, sehr gut.

Ich säuberte alles konzentriert, spülte die Wunde mit Desinfektionsmittel aus und war froh, dass die Blutung bereits schwächer wurde.

Vipers Puls war okay, ich kontrollierte noch den Blutdruck, bevor ich ein steriles Nähset heraussuchte und mich ans Werk machte.

Mona erschien in der Tür, ließ sich aber schnell von Bobby abwimmeln und versprach, sich um meine Eltern zu kümmern. Je weniger diese mitbekamen, umso besser.

„Das sollte halten", seufzte ich, als die Wunde endlich zu war.

Die Blutung hatte komplett aufgehört, aber überstanden war noch lange nicht alles. Ich deckte sie mit sterilen Mullbinden ab und suchte nach der Kleberolle, um es zu fixieren. Da er immer noch ohnmächtig war und wir ihn nicht aufsetzen konnten, würde ein Verband zu schwierig anzulegen sein. Vor allem, wenn ich in ein paar Stunden allein mit ihm war und die Mullbinden wechseln musste.

„Wird er wieder?", fragte Bobby irgendwann vorsichtig und rang seine Hände im Schoß. Mir war nicht aufgefallen, dass er das tat, aber ich war auch gut abgelenkt gewesen.

„Ich denke schon. Die Werte sind okay, der Blutdruck geht auch noch. Er sollte bald wieder aufwachen und dann sehen wir weiter. Er kann hierbleiben, ich kümmere mich um ihn, bis er wieder fit ist, mach dir keine Gedanken. Wenn was ist, hol ich den Notarzt. Und jetzt erzähl mir, was da eigentlich genau passiert ist."

Er druckste eine Weile herum, was sehr ungewöhnlich für ihn war. „Er will nicht, dass alle davon wissen, aber ich denke, es ist nur fair, wenn du es weißt. Es ist nichts Illegales, er kümmert sich um benachteiligte Jugendliche hier in Hamburg und Umgebung. Da ist ein Club, ein paar Straßen von hier, wo er einmal die Woche Unterricht gibt. Boxen, Krafttraining, Taekwondo und sowas. Manchmal begleite ich ihn und rede mit den Kids oder gebe Nachhilfe. Bin recht gut in Mathe und so. Heute war er mit Boxen dran, da haben sich zwei Kids in die Wolle bekommen. Den einen, Jason, versucht er schon seit Ewigkeiten wieder auf die Gleise zu bringen. Klappt nur irgendwie nicht. Der hat sich dann heute mit Enrico geprügelt und dabei ein Messer gezückt, als Viper gerade dazwischen ging. Es war ein Unfall, keine Absicht. Zumindest was Viper angeht. Aber er hat mich trotzdem beschworen, keine Polizei zu rufen und ihn nicht ins Krankenhaus zu bringen. Die müssen das sonst melden und dann ist für Jason alles vorbei. Das will er nicht. Dann ist mir eingefallen, dass du ja Krankenschwester bist und ich hatte die Idee, ihn hierher zu bringen. War doch okay, oder?"

Ich versuchte ein Lächeln, um ihn zu beruhigen. „Schon gut, Bobby. Ich kümmere mich um ihn. Willst du einen Kaffee und etwas Kuchen? Meine Eltern sind zu Besuch."

„Oh ... Gibt's nen besonderen Grund? Weil Mona auch da ist?"

Jetzt grinste ich. „Ich hab Geburtstag."

„Und dann bring ich dir das beste Geschenk überhaupt." Er nickte in Vipers Richtung und ich folgte seinem Blick. Dann brach ich in Gelächter aus.

„Sowas hab ich tatsächlich noch nie bekommen!"

Ich verdrängte vehement den Gedanken, dass es verdammt verführerisch war, Viper in meinem Bett zu haben. Aber für heute war er nur mein Patient.

Nein, bitte keine Fantasien jetzt, beschwor ich mich selbst, maß nochmal Puls und Blutdruck und ging zurück zu meinen Eltern.

~ ~ ~ ~

Unendlich erleichtert schloss ich meine Wohnungstür und lehnte mich kurz von innen dagegen.

Es war nicht leicht gewesen, meine Mutter loszuwerden. Sie wollte unbedingt wissen, was denn der Notfall gewesen war. Ich konnte ihr aber schlecht sagen, dass da ein verletzter Mann in meinem Bett lag, um den ich mich kümmern musste - das hätte nur wieder zu falschen Hoffnungen bei ihr geführt.

Sie hatte mir noch das Versprechen abgerungen, dass sie zum Brunch wiederkommen konnten, bevor sie schlussendlich gegangen war.

Ich war froh, dass Bobby und Mona sie abgelenkt hatten, damit ich immer wieder nach Viper sehen konnte.

Er war auf dem Weg der Besserung. Zwischendrin war er aufgewacht, aber direkt wieder eingeschlafen, nachdem ich ihm eine Schmerztablette und eine Flasche Wasser aufgedrängt hatte.

Langsam machte ich mich auf den Weg ins Schlafzimmer und überlegte, ob ich die Nacht auf meinem Sofa verbringen sollte. Es war bequem, keine Frage. Aber so verspannt, wie meine Schultern waren, wollte ich dort nur ungern schlafen. Mein Bett war deutlich verlockender. Aber da lag auch Viper und machte sich ziemlich breit.

Ich seufzte, suchte mir ein Schlafshirt und zog mich im Bad um, bevor ich mich dazu durchrang, zu ihm ins Bett zu klettern. Er schien tief und fest zu schlafen, das würde schon gut gehen. Und ich redete mir ein, dass ich ihn so besser unter Beobachtung hatte.

~ ~ ~ ~

Mir war furchtbar heiß, als ich morgens aufwachte.

Zuerst wusste ich nicht, wo ich war, und fragte mich, wie sehr ich mich wohl in meiner Decke verheddert haben mochte, dass mir so heiß wurde. Als ich die Augen öffnete, bemerkte ich den Arm, der um meine Taille lag.

Den kräftigen Männerarm.

Ich musste mich in der Nacht an Viper gekuschelt haben, ich konnte seinen Körper deutlich hinter mir spüren. Er schien zu glühen, was mich alarmierte.

Ich schaffte es, seinen Arm ruhig von mir zu heben und setzte mich auf, ohne ihn zu wecken. Mit der Handfläche befühlte ich seine Stirn, sie war normal temperiert. Also doch kein Fieber, obwohl er so heiß war.

Mein Blick glitt über seinen immer noch nackten Oberkörper. Als er irgendetwas Unverständliches murmelte und sein Arm die Matratze vor sich betastete, zog ich mich weiter zurück. Ich brauchte erst dringend einen Kaffee, bevor ich mich wieder mit ihm befassen konnte, um den Verband zu wechseln.

Gedankenverloren stand ich mit der Kaffeetasse in der Hand am Küchenfenster und sah nach draußen.

Langsam nahm ich einen Schluck und verzog angewidert die Lippen. Der Kaffee war mittlerweile kalt, ich musste also schon eine ganze Weile hier stehen.

Ich wollte mich gerade zur Spüle umdrehen, um ihn wegzuschütten, als ich ein kratziges „Guten Morgen" hinter mir hörte.

Erschrocken fuhr ich herum. Ich wusste, dass es nur Viper sein konnte, aber ... „Was machst du denn hier?" Meine Stimme klang aufgeregt und atemlos. „Ich meine, du solltest im Bett bleiben und noch nicht durch die Gegend laufen."

Er grinste und kam zu mir, nahm mir die Tasse aus der Hand, um selbst einen Schluck zu trinken.

Als er die Temperatur bemerkte, oder eben die fehlende, verzog er selbst angewidert das Gesicht, was mich lachen ließ.

„Warum trinkst du kalten Kaffee, Prinzessin?"

Ich hörte ein leises Kratzen aus dem Flur, dachte mir aber nichts dabei. Wahrscheinlich war es eine der Katzen, die sich an den Kratzteppichen an der Wand austobte.

„Tu ich nicht. Ich wollte ihn gerade weg-schütten. Wie fühlst du dich?"

„Hast du mich wieder zusammenge-flickt?" Er deutete auf die Naht. Scheinbar hatte er den Verband allein abgenommen, während ich gedankenverloren aus dem Fenster gestarrt hatte.

„Ja, wir müssen das noch neu verbinden. Aber was ich bisher sehe, sieht gut aus."

„Was ich sehe, sieht auch verdammt gut aus." Er kam noch einen Schritt näher und ich wich zurück, was ihn mir folgen ließ, bis mich die Arbeitsplatte in meinem Rücken stoppte.

Sein Blick hielt den meinen gefangen, er hob die Hand und legte sie zart auf meine Wange. Ich schloss die Augen und konnte nicht anders, als meine Wange noch tiefer in seine Hand zu schmiegen. *Wie meine Katzen*, schoss es mir durch den Kopf.

„Dafür, Prinzessin, dass du mir das Leben gerettet hast, sollte ich dich eigentlich heiraten", raunte er und ich spürte, wie sein Atem mir immer näher kam. Und dann spürte ich seine Lippen. Ganz leicht nur, direkt an meinem Mundwinkel. Ich konnte das Wimmern nicht unterdrücken, das in mir aufstieg. So lange hatte ich darauf gewartet und jetzt ...

„Ach nein, wie schön Sie endlich kennen zu lernen!", ertönte genau in dem Moment die Stimme meiner Mutter hinter ihm. Freudig. Zu freudig, was mir einen Schauer über den Rücken jagte. „Haben Sie hier übernachtet?"

Wunderbar. Ihre Neugier kannte wie immer keine Grenzen.

„Mutter, das ist ...", begann ich, wurde aber von Viper unterbrochen, der meiner Mutter bereits die Hand hinhielt.

„Habe ich tatsächlich. Es freut mich ebenfalls, Sie kennen zu lernen, Frau Hansen. Aber leider muss ich Sie bereits wieder verlassen, so gern ich auch bleiben würde."

Er schenkte ihr dieses unwiderstehliche Grübchenlächeln – und natürlich fiel sie sofort darauf herein.

„Ellijonora, du hast mir gar nicht erzählt, dass dein Freund ein solcher Kavalier ist", tadelte mich meine Mutter und hielt immer noch seine Hand und lächelte ihn verträumt an.

„Nun, Mutter ...", versuchte ich es wieder und diesmal unterbrach mich meine Mutter.

„Junger Mann, wie heißen Sie denn?"

Ich konnte nur noch mit offenem Mund starren, als er sich zu ihr beugte und ihr einen Handkuss aufhauchte – einen *Handkuss*! – nur um dann formvollendet „Leopold, ganz zu Ihren Diensten, werte Frau Schwiegermutter" zu sagen.

Meine Mutter kicherte erfreut auf, ich war fassungslos und konnte ihm nur noch ein zischendes „Sebastian!" zurufen.

Das hielt ihn aber nicht davon ab, nochmal zu mir zu kommen, mir einen Kuss auf die Stirn zu geben und „Bis später, Prinzessin" zu sagen.

Ich wollte ihn umbringen.

Wirklich.

Ganz langsam und schmerzhaft.

Völlig egal, dass ich ihn gerade erst wieder zusammengeflickt hatte.

„August."

Ich drehte mich zu meiner Mutter, weil ich keine Ahnung hatte, was sie meinte. Sie hielt ihren Taschenkalender in der Hand und blätterte wild durch die Seiten.

„Was ist im August?", fragte ich und hatte zeitgleich das beunruhigende Gefühl, dass mir ihre Antwort nicht gefallen würde.

„August ist perfekt für eine Hochzeit. Ellijonora und Leopold heiraten im August."

Ich war sprachlos, mein Mund stand offen und hätte ich meine Kaffeetasse noch gehalten, wäre sie sicher zu Boden gegangen.

„Wie bitte?"

„Nun, er sagte, er will dich heiraten. Wobei ich der Meinung bin, du hättest mir eher von ihm erzählen können, damit ich nicht einfach so in eure *Knutscherei* platze am frühen Morgen. Aber so ist die junge Liebe nun einmal. Also August für die Hochzeit. Perfekt."

„Mutter ..." Ich versuchte, ruhig zu bleiben, aber langsam mischte sich immer mehr Panik in mein Blut. „Er hat einen *Scherz* gemacht. Er will nicht heiraten und mich schon gar nicht. Es war ein Scherz. Es wird keine Hochzeit geben. Er heißt ja nicht mal Leopold!"

„Natürlich, Kindchen. Wie du meinst." Sie lächelte mich an und ich glaubte ein nachsichtiges Funkeln in ihren Augen zu sehen, was mich misstrauisch werden ließ. „Das können wir später noch klären. Ziehst du dich nun um, damit wir frühstücken können? Dein Vater wird gleich mit den Brötchen hier sein. Ach, und schreib mir doch bitte die Telefonnummer von Mona auf, ja? Ich habe da ein paar Stylingfragen."

Ich bereute, ihr gestern einen Schlüssel gegeben zu haben.

Damit begann das Drama.

Juni 2016

„Champagner oder creme?", drang die Frage meiner Mutter an mein Ohr. Wir telefonierten wie so oft in letzter Zeit, wobei sie immer wieder seltsame Fragen hatte. Ich dachte nicht weiter darüber nach, ich war damit beschäftigt CottonEye zu kämmen.

„Wohl eher creme. Warum?"

„Ach, nur so." Das hätte mich beunruhigen sollen. Tat es aber nicht. „Ach, Pfarrer Jahns lässt dich grüßen. Kommst du mit Mona am zweiten Augustwochenende her? Und bring diesen netten Leopold mit, wir möchten ihn endlich näher kennen lernen. Ihr könntet euch ein paar Tage freinehmen und dann hier verbringen. In der Eifel zum Beispiel. Da ist es so schön im August."

„Klar, warum nicht", antwortete ich und warf einen Blick auf die Uhr. Zum Glück war es mittlerweile fast sieben. „Mutter, ich muss auflegen. Wir wollen uns gleich noch an der Alster treffen, das Wetter genießen. Gib Paps einen Kuss von mir, bitte. Wir hören uns, tschö!"

Ich drückte den Knopf zum Auflegen, atmete tief durch und vermisste die Zeit, in der man wirklich noch den Hörer hatte auflegen können. Das war ein so viel besseres Gefühl.

So vergingen die nächsten Wochen.

Meine Mutter rief immer wieder an, fragte mich nach meinen Lieblingsblumen (Margeriten) und murmelte irgendwas davon, dass die zu unscheinbar waren. Wofür auch immer. Ich mochte Margeriten. Sie sagte, Callas würden viel besser passen. Oder Gerbera, wenn es schon so einfach sein musste.

Was auch immer sie plante, mein Bauch sagte mir, dass es nicht gut werden konnte.

Da Mona mich aber ziemlich oft nach draußen zerrte, um irgendetwas in diesem schönen Sommer zu unternehmen, kam ich nicht groß dazu, darüber nachzudenken.

Und mit Mona über meine Mutter zu reden brachte nichts. Mona sagte immer nur „Ach, wird schon nichts sein. Kennst doch deine Mutter."

Eben.

Und genau das hätte mich vorsichtiger und vor allem misstrauisch machen sollen.

13. August 2016

Ich wachte entspannt und ausgeruht wie schon lange nicht mehr auf und streckte mich wohlig.

Es war Mitte August, Mona und ich waren von meinen Eltern eingeladen worden, einige ruhige Tage bei ihnen zu verbringen.

Den Tag gestern hatten wir in Köln verbracht, waren brunchen gewesen, danach Unterwäsche shoppen, wo ich mich zu einem sündhaft teuren, cremefarbenen Spitzenset hatte überreden lassen, beim Frisör und in einer genialen Wellness-Oase, wo wir uns mit Massagen, Maniküre, Pediküre und anderen – in den Augen meiner Mutter – unverzichtbaren Schönheitsbehandlungen hatten verwöhnen lassen, bevor wir zurück zu meinen Eltern gefahren waren.

Meine Mutter bestand darauf, dass wir zumindest diese Nacht dort verbrachten. Warum, wollte sie mir nicht sagen. Aber vielleicht hatte sie auch einfach meine Frage überhört.

Mona und ich beschlossen, in ein Hotel umzusiedeln, sollte uns das Zimmer zu eng werden. Wurde es nicht. Schönheitsbehandlungen sind ungemein kräftezehrend, weswegen wir eingeschlafen waren, kaum, dass wir uns auf die Betten gesetzt hatten.

„Aufstehen!", flötete mir Mona fröhlich entgegen und ich wagte kaum, die Augen zu öffnen.

Was auch immer ihr jetzt schon so gute Laune bereitete, ich wollte es nicht sehen. Ich brauchte zuerst einen Kaffee.

„Ich habe auch Kaffee", zwitscherte sie weiter und ich setzte mich doch auf, nahm die Tasse dankbar entgegen.

„Warum hast du so irrsinnig gute Laune?", fragte ich, nachdem ich die halbe Tasse geleert hatte und meine Lebensgeister halbwegs vollständig anwesend waren.

„Weil heute ein *fantastischer* Tag wird! Ab unter die Dusche mit dir, dann gibt es Frühstück und Sekt und dann machen wir uns hübsch!"

Zwei Stunden später hatten wir beinah die zweite Flasche Sekt leer, ich hatte eine wunderschöne Frisur und ein perfektes Make-up verpasst bekommen.

Mona murmelte immer wieder ein „oh, wie wundervoll" vor sich hin und hatte feuchte Augen, die sie zu verstecken versuchte.

Dann steckte meine Mutter ihren Kopf ins Zimmer, sah mich mit ebenso verklärtem

Blick an und trat ein, einen Kleidersack in den Händen.

„Hier, das Kleid. Es sollte passen. Wenn nicht, kann Mona sicher noch ein paar kleine Änderungen vornehmen." Sie zwinkerte Mona zu, die daraufhin kicherte.

„Was für ein Kleid?", wollte ich leicht alarmiert wissen, merkte deutlich den Alkohol, als ich aufstand, um zu sehen, was sich in dem Kleidersack befand.

„Du wirst aussehen wie eine Prinzessin!", schniefte meine Mutter, legte den Kleidersack aufs Bett und verließ den Raum.

Mona quietschte freudig, als sie langsam den Reißverschluss öffnete.

Meine Lunge versagte ihren Dienst und ich glaube, auch mein Herz stand plötzlich still.

Zum Vorschein kam ein Prinzessinenkleid in einem hellen Cremeton. Als Mona das Kleid ganz herausgeholt hatte und mir hinhielt, wünschte ich mir zum ersten Mal eine Ohnmacht herbei.

Das war ein verdammtes *Brautkleid*!

Ich sah mich nach meinem Sektglas um, füllte es bis zum Rand und trank es in einem Zug leer.

„Du weißt, dass ich heute nicht heirate, oder?", fragte ich Mona. „Du weißt, dass da niemand ist, der mich heiraten will. Ich hatte zweiunddreißig Dates in den letzten fünf Jahren und keines davon führte zu einer Beziehung. Du weißt das, oder?"

Mona lachte nur. „Lass deiner Mutter doch den Spaß. Wer weiß, was sie sich ausgedacht hat."

Immer wieder sah sie besorgt auf ihr Handy, wollte mir aber nicht verraten, was los war, sondern beschäftigte sich weiter damit, aus mir die perfekte Braut zu machen.

Warum auch immer – ich wehrte mich nicht. Ich redete mir ein, dass es nur am Alkohol lag.

Ich ließ mir von Mona in das Kleid helfen, ich ließ mich von meinem Vater zu seinem Auto führen, auf dessen Motorhaube ein riesiges Gesteck aus Callas und pinken Gerbera thronte, ich ließ mich zur Kirche fahren und in das kleine Pfarrhaus direkt nebenan führen, das über eine Tür mit dem Kirchenschiff verbunden war.

Die Kirche, in der ich getauft worden bin.

Die Kirche, in der ich meine Kommunion hatte.

Die Kirche, in der ich nie heiraten wollte.

Und alles, wirklich alles, war auf Hochzeit getrimmt. Die Kirche war leer, aber ich konnte an jeder Bank die Blumengestecke sehen. Die Blumen hinten am Altar.

Mir wurde schlecht. Das konnte alles nicht wahr sein. Das konnte nur ein Albtraum sein. Sicher würde ich gleich aufwachen und alles wäre vorbei.

~ ~ ~ ~

Ein klein wenig fassungslos stehe ich vor dem körperhohen Spiegel. Gut, mehr als nur ein bisschen fassungslos. Immerhin ist Samstag, ich befinde mich im Pfarrheim einer mittelgroßen Kirche und trage allen Ernstes ein Brautkleid. Als würde ich heute heiraten ...

„Sie hat das echt durchgezogen", flüstert Mona – zugegeben recht laut – vor sich hin.

„Jepp" ist alles, was ich dazu noch sagen kann. Immerhin stehe ich hier. Ich weiß ich wiederhole mich – aber ich trage ein Brautkleid. Einen Albtraum aus weißer Spitze und Tüll und Taft. Und ich glaube, an der Schleppe sind noch Rüschen. Und was weiß ich noch alles. Das kann nur ein schlechter Traum sein.

Kapitel 15

13. August 2016

Ich stöhne auf, noch bevor ich meine Augen überhaupt geöffnet habe. Sie tun jetzt schon weh. Nein, eigentlich tut mir *alles* weh.

Ich habe keine Ahnung, was passiert ist, aber ich habe den schlimmsten Kater meines Lebens.

Verdammt, Mona und ich müssen gestern echt tief ins Glas geschaut haben.

Wo waren wir überhaupt? Ich kann mich nicht erinnern und allein beim Versuch daran tut mir der Kopf weh.

„Hey, Prinzessin", vernehme ich eine tiefe Stimme neben mir und erstarre. Verdammt, bin ich mit einem Kerl nach Hause gegangen und weiß es nicht mal mehr?

Ganz vorsichtig öffne ich das linke Auge einen Spalt und sehe mich um. Nicht mein Zimmer. Also sind wir nicht bei mir. Schnell das Auge wieder schließen, bevor es noch mehr wehtut.

„Brauchst du eine Schmerztablette?", erklingt die Stimme wieder und im nächsten Moment spüre ich warme Lippen auf meiner Schulter. Auf meiner *nackten* Schulter.

Ach du Scheiße, jagt mir plötzlich durch den Kopf. Hatte ich etwa *Sex* und kann mich nicht mal mehr daran erinnern?

Okay, es ist nicht mein erster Filmriss, aber ich bin danach noch nie in einem fremden Bett aufgewacht. Und erst recht nicht *nackt*. Ich weiß schon bald nicht mehr, wann ich überhaupt zum letzten Mal nackt neben einem Mann aufgewacht bin und jetzt *das*.

Ich rolle mich auf die Seite und will aufstehen, aber da schlingt sich schon ein Arm um meine Taille und ich werde zurück an eine Brust gezogen. Eine harte Brust.

Allerdings scheine ich doch nicht ganz nackt zu sein. Langsam kann ich den Rest meines Körpers spüren und ich stecke definitiv in irgendwelchen Klamotten.

Vorsichtig versuche ich nochmal, die Augen zu öffnen, während warmer Atem meinen Nacken streift.

„Wo zum Kuckuck bin ich hier?", murmele ich und versuche durch zusammengekniffene Augen irgendetwas zu erkennen. Aber das Zimmer kommt mir beim besten Willen nicht bekannt vor.

„Wir sind in einem Hotelzimmer, Prinzessin. Bei den Mengen Sekt, die du heute Vormittag in dich reingeschüttet hast", höre ich ein tiefes Lachen hinter mir, „sind wir nicht weit gekommen, nachdem es dich aus den Schuhen gehauen hat. Und so wollte ich auch nicht mit dir durch die Gegend fahren."

„*Viper*?" Meine Stimme kratzt sich ungläubig und verwirrt frei. Was zum Teufel mache ich mit Viper in einem Bett?

Und dann sind sie plötzlich da, die Erinnerungen.

Wie meine Mutter Mona und mich gestern in die Wellness-Oase geschleppt hat.

Wie sie heute Morgen an mein altes Kinderzimmer geklopft hat, in dem ich mit Mona übernachtet habe, um mir einen Kleidersack hereinzureichen.

Wie Mona mich geschminkt und die Haare gemacht hat, bis ich perfekt aussah.

Wie sie mich in das Kleid gesteckt hat. In das Brautkleid.

Ich reiße die Augen komplett auf und schnappe nach Luft, befreie mich aus Vipers Klammergriff und sehe an mir herunter.

Ich trage es immer noch, das vermaledeite Kleid.

Den Beweis, dass ich diese unendliche Demütigung nicht nur geträumt habe. Dass ich wirklich in dieser Kirche stand.

Während Viper mir gesagt hat, dass ich nicht seine Freundin bin. Dass *Highway to*

Hell der perfekte Song für eine Hochzeit mit mir ist. Dass er meine Dates ruiniert hat, um andere Männer vor mir zu schützen. Dass er da ist, um Markus vor dem größten Fehler seines Lebens zu bewahren.

Meine Atmung wird immer schneller, mein Blick verschwimmt.

Ob es daran liegt, dass ich beinahe hyperventiliere, oder daran, dass mir wieder Tränen in die Augen schießen, kann ich nicht sagen.

Schon im nächsten Moment umklammert mich Viper wieder mit beiden Armen und zieht mich auf seinen Schoß.

Ich kämpfe, versuche, mich zu befreien, aber er lässt mich nicht los.

„Ganz ruhig, Kleines. Alles ist okay. Ganz ruhig. Ich bin da." Wenn er mich damit beruhigen will, so ist er schief gewickelt. Das nutzt gar nichts, sondern macht alles nur noch schlimmer.

„Lass mich los", jammere ich. „Lass mich einfach los. Ich hab's verstanden, wirklich."

Aber er lässt mich nicht los, zieht mich nur noch enger an sich. Ich fühle mich eingesperrt und doch irgendwie auch sicher. Versteh einer mein Herz. Ich will mich bei ihm ausheulen, dabei ist *er* doch für diese Tränen verantwortlich.

„Was hast du verstanden, Kleines?", fragt er allen Ernstes und ich lache traurig auf.

„Du hast Markus vor einer Ehe mit mir *beschützt*. Und jeden anderen Kerl, mit dem ich ein Date hatte, auch. Ich bin furchtbar und du hasst mich. Ich hab's verstanden. Jetzt lass mich gehen."

Doch er lässt immer noch nicht locker, gibt mir sogar einen Kuss auf die Stirn und atmet einmal tief ein, drückt meine Wange gegen seine Brust, wo ich sein Herz hören kann. Es schlägt schnell, scheinbar ist er aufgeregt.

Dann beginnt er zu sprechen.

„Ich hab das total falsch ausgedrückt und das tut mir leid, das musst du mir glauben. Ja, es wäre ein Fehler für ihn, dich zu heiraten. Aber ich wollte nicht *ihn* daran hindern, den größten Fehler seines Lebens zu machen, sondern *mich* ... Kleines, seit Jahren sehe ich dabei zu, wie du einen Idioten nach dem anderen datest. Und ja, es *sind* Idioten, wenn sie sich von einem einfachen ‚*hey, ich hoffe, du hast anständige Absichten mit Ella*' in die Flucht schlagen lassen."

„Natürlich sind sie davon eingeschüchtert!", unterbreche ich ihn wütend. „Verdammt Viper, du bist mindestens einen Kopf größer als die Kerle, mit denen ich ausgehe.

Ich geh dir ja nicht mal bis zur Schulter! Und da du meist aussiehst wie ein wildgewordener Footballspieler, kann ich sie verdammt gut verstehen! Aber es ist nicht fair!"

„Wildgewordener Footballspieler, ja?", lacht er leise unter mir und ich spüre das Rumpeln in seiner Brust. Dann seufzt er. „Ich weiß, dass das nicht fair war. Es war nicht fair, deine Dates zu vertreiben, wenn ihr euch in meiner Bar getroffen habt. Aber ich konnte nicht anders. Ich war eifersüchtig, hatte aber nicht den Mumm, dich selbst um ein Date zu bitten. Immerhin hättest du nein sagen können. Du hast mir oft genug die Leviten gelesen. Und ich wollte dich als Freundin nicht verlieren, Prinzessin."

„Aber du hast in der Kirche gesagt", will ich ihn unterbrechen, komme aber nicht weit, weil er seine Hand an mein Kinn legt und es nach oben hebt, bis er mir in die Augen sehen kann.

„Ich weiß, was ich gesagt habe. Und ich weiß jetzt, dass es völlig falsch angekommen ist. Ich bin dein Freund, Ella, aber ich bin auch so viel mehr als das. Ich will mehr sein als das. Und das bin ich jetzt - immerhin sind wir jetzt verheiratet."

Er grinst und ich fühle mich, als würde man mir – mal wieder – den Boden unter den Füßen wegziehen.

DAS hatte ich bis jetzt erfolgreich verdrängt.

Aber noch bevor ich irgendetwas sagen kann, oder ihn anschreien, oder schlagen, oder die Augen auskratzen, oder Ähnliches, küsst er mich. Und damit verpuffen sämtliche Gedanken in meinem Kopf.

Verdammt, seine Küsse sind unglaublich, lassen mich alles vergessen.

„Frau Ella von Holthausen", murmelt er an meinen Lippen, als er sie endlich freigibt und noch einen leichten Kuss aufhaucht.

„Was?", krächze ich und sehe ihm in die Augen. „Warum von Holthausen? Ich denke, du heißt Holt. Sebastian Holt."

Er wird rot – wow. Und lächelt beschämt, bevor er mich wieder ansieht, sich den Nacken reibt und räuspert. Was auch immer jetzt kommt, es ist ihm unangenehm.

„Na ja", beginnt er. „Also eigentlich heiße ich Leopold Sebastian von Holthausen. Nur mag ich den Namen nicht und habe ihn deswegen irgendwann abgekürzt. Es gibt nur wenige Menschen, die das wissen. Aber ... Du gehörst dazu. Immerhin bist du jetzt meine Frau."

„Du *hasst* die Ehe", werde ich lauter. „Du glaubst nicht mal an die Ehe. Geschweige denn an die Kirche. Wir müssen das sofort rückgängig machen! Du willst mich nicht heiraten! Du willst überhaupt nicht heiraten!"

Bevor ich mich weiter reinsteigern kann und hysterisch werde, küsst er mich wieder.

Und hey, es funktioniert.

Sämtliche Gedanken lösen sich erneut in Nichts auf und ich kann nur noch fühlen, was seine Lippen mit meinen anstellen, bis mein ganzer Körper kribbelt und in Flammen steht.

„Verdammt, Ella", seufzt er an meinen Lippen und sieht mir dann fest in die Augen. „Ich bin in dich verliebt, seit du gesagt hast, dass ich mir auf meine Größe nichts einbilden und mir wen anders suchen soll, den ich wie eine Puppe behandeln kann. Ich liebe dich dafür, dass du mir den Arsch gerettet hast. Ich war so verdammt sauer, als mir Bobby erzählt hat, dass du heiraten willst. Einen anderen. Einen, der dich nicht verdient. Einen, der keine Ahnung hat, was du eigentlich für ein Wildfang bist. Einen, der nicht zu dir passt. Statt mich. Weil ICH der Mann sein will, neben dem du für den Rest deines Lebens aufwachst. Und wenn ich dich dazu heiraten musste, damit du das endlich siehst, dann ist das eben so! Du bist jetzt meine Frau!"

„Vor der Kirche! An die du nicht mal glaubst!", zische ich und wieder küsst er mich.

„Hast du mir zugehört, du stures Weib? Ich liebe dich."

Und schon schießen mir wieder Tränen in die Augen. Aber diesmal nicht, weil ich traurig bin. Diesmal sind es Glückstränen. „Ich dich doch auch, du Idiot."

Er grinst und mein Herz legt einen Salto hin. Und die Millionen Schmetterlinge sind zurück.

„Ellijonora Marie Hansen von Holthausen, möchtest du meine Frau bleiben vor Gott und meine Frau werden vor dem Gesetz?", fragt er und lässt meinen Blick nicht los.

„Frag mich morgen nochmal", lächle ich ihn an und dieses Mal küsse ich ihn.

Gott, ich bekomme nicht genug von seinen Küssen.

„Werde ich", antwortet er irgendwann. „Und jetzt zeig mir, wie ich dich aus diesem verdammten Albtraumkleid kriege, um die Hochzeitsnacht einzuläuten."

Wie gut, dass die Corsage einen Reißverschluss hat, denke ich und zeige es ihm.

Epilog

Viper

Frag mich morgen nochmal.

Das hat sie damals gesagt, als ich sie das erste Mal fragte, ob sie mich heiraten will. Und jedes Mal danach.

Es ist ihre Lieblingsantwort auf alle Fragen, bei denen sie sich nicht entscheiden will.

Jeden Morgen habe ich sie gefragt, ob sie mich heiraten will. Seit einem Jahr. Bis heute.

Heute war ich bereits aufgestanden, als sie aufgewacht ist.

Heute habe ich sie nicht angelächelt, als sie die Augen aufgeschlagen hat und meinen Blick suchte.

Heute habe ich nicht „Guten Morgen, Prinzessin. Möchtest du heute meine Frau werden vor dem Gesetz?", gefragt und sie dann geküsst, als ihre Lieblingsantwort kam.

Geküsst, um sie zu überzeugen.

Geküsst, um ihr zu zeigen, dass wir perfekt zusammenpassen. Und noch einiges mehr, als nur zu küssen.

Genutzt hat es nichts. Es blieb bei ihrer Antwort.

Wir wohnen zusammen. Seit der Hochzeit, die es nie geben sollte und von der sie sich weigert, sie anzuerkennen. Weil sie der Meinung ist, dass ich mir das nicht gründlich genug überlegt habe.

Habe ich auch nicht, wenn ich ehrlich bin.

Als Bobby mich damals anrief und sagte, er müsse seine Schicht tauschen, weil Ella heiratet und er hinfährt, ist irgendwas in mir geplatzt. Da erst habe ich erkannt, dass ich vielleicht irgendwann zu spät bin und keine Chance mehr haben werde.

Ja, sie hat Recht – das würde ich ihr gegenüber niemals zugeben, so klein wie sie auch ist, ihr Ego ist meist schon groß genug – ich habe in der Kirche nicht darüber nachgedacht, was ich da sage und noch viel weniger, was ich da mache.

Als sie in Tränen ausgebrochen ist, weil ich meinte, einen blöden Scherz machen zu müssen, hat es mir das Herz gebrochen.

Ich hasse es, wenn sie weint. Und noch viel mehr hasse ich es, wenn sie es wegen mir tut.

Ich habe mich wie der größte Arsch auf Erden benommen und mich genauso gefühlt. Es war ein längst überfälliger Tritt in den Allerwertesten.

All die Male zuvor, wenn sie traurig in meiner Bar saß, weil der nächste Kerl sie – wegen mir – einfach hat stehen lassen oder nicht zum zweiten Date erschienen ist, habe ich mich schlecht gefühlt. Aber niemals zuvor so beschissen wie da in der Kirche, als ich zusehen musste, wie sie auseinanderbrach. Wegen mir.

Ich konnte nur noch daran denken, wie knapp ich davor war, sie zu verlieren.

Sie hat mir nie gesagt, warum sie sich in dieses Kleid hat stecken lassen und warum sie schließlich doch vor dem Altar gelandet ist.

Neben diesem Idioten, der lieber ihren Jugendfreund und Nachbarn haben wollte als sie.

Das war auch der einzige Grund, warum ich mich um sie gekümmert habe, statt ihm die Nase zu polieren. Er ist schwul, nur deswegen hat er sie gehen lassen. Hoffe ich für ihn.

Witzig ist, dass ihre Mutter das scheinbar nie verstanden hat. Sie hat in den letzten Monaten immer wieder betont, wie komisch es immer noch sei, dass die beiden –

Markus und Thomas – jetzt offen als Paar leben und nächstes Jahr heiraten wollen.

Ich meine, die beiden sind seit mehr als sechs Jahren zusammen. Das *hätte* irgendwem auffallen müssen. Gerade in einer so kleinen Stadt. Aber vielleicht sehen die Leute da einfach doch bei einigen Dingen immer noch lieber weg als hier in Hamburg oder anderen großen Städten, wo Schwule und Lesben normal sind. Es sollte überall normal sein.

Aber nicht einen einzigen Tag im letzten Jahr habe ich bereut, dass ich den Pfarrer überredet habe, uns zu trauen. Dass er schon einiges von dem guten Whisky intus hatte, den mein Schwiegervater an dem Tag in seinem Flachmann dabei hatte, hat natürlich geholfen. Und dass mein Schwiegervater auf meiner Seite war. Sonst hätte der Pfarrer wohl nie Ella's Ja auf meine – zugegeben gemein gestellte – Frage als ein Ja auf seine Frage gelten lassen.

Immerhin kennt er sie seit ihrer Geburt. Und ich weiß, dass sie nie, wirklich *niemals* nur mit Ja oder Nein antwortet.

Sie hat ein Problem mit doppelter Verneinung, wie so viele andere auch und versucht so, auf keinen Fall missverstanden zu werden. Das habe ich schamlos ausgenutzt.

Ja, es war unfair. Aber es hat mich ans Ziel gebracht.

Und während wir die nächsten zwei Tage im Hotelzimmer verbracht haben, haben unsere Freunde ihre Sachen in meine Wohnung gebracht. Genug Platz habe ich schließlich, für sie und ihre zwei Katzen.

Denen ich – man möge mich loben – eine Treppe gebaut habe, damit sie weiter draußen rumstreunen können, auch wenn wir jetzt im ersten Stock wohnen.

Was tut man nicht alles, um die Frau seiner Träume – guter Träume, nicht Albträume, das möchte ich betonen – glücklich zu machen.

Okay, mein Badezimmer hat dazu beigetragen, dass sie nicht direkt wieder ihre Sachen gepackt hat und ausgezogen ist.

Also, heute habe ich sie nicht gefragt.

Heute bin ich aufgewacht und direkt in die Küche gegangen, um Kaffee zu kochen.

Irgendwann höre ich ihre leisen Fußtapser, als sie auch in die Küche kommt. In einem meiner Shirts, mit verstrubbelten Haaren und noch so irrsinnig süß verschlafen, dass ich sie am liebsten direkt wieder ins Bett zerren würde. Aber heute nicht.

Heute ist alles anders. Heute wird alles anders.

„Guten Morgen", murmelt sie und drückt mir einen Kuss auf die Lippen, den ich nicht wie sonst vertiefe. Als sie sich zurückzieht, hat sie die Stirn gerunzelt und sieht mich fragend an.

„Guten Morgen, Prinzessin", antworte ich und drücke ihr einen Kuss auf die Stirn. Auch anders als sonst.

Ich kann sehen, wie die Rädchen in ihrem Kopf anfangen sich zu drehen und sie versucht herauszufinden, warum ich heute anders bin.

„Alles okay?", fragt sie schließlich und kuschelt sich an meine Brust.

Ich nehme sie fest in den Arm, vergrabe meine Nase in ihren Haaren und genieße ihren Duft. Ich mag es, dass sie nach ihrem Shampoo duftet. Und nach mir, weil sie sich die ganze Nacht an mich kuschelt. Ich hätte nie gedacht, dass ich das lieben würde. Dass ich es *brauche*, sie ganz eng bei mir zu haben, jede Nacht.

Vielleicht sitzt mir immer noch der Schreck in den Knochen, sie könnte einen anderen wollen, statt mich. Und je näher ich sie bei mir habe, umso deutlicher zeigt sie, dass es nicht so ist.

„Alles okay, Prinzessin. Ich muss nur gleich los, wir haben zu lang geschlafen.

Heute ist der zweite Sonntag und wieder Brunch in der Bar. Kommst du auch?"

Den Brunch habe ich vor einigen Monaten eingeführt. Ich hatte einen Plan, den sie nicht kennt.

„Klar", sagt sie, aber klingt nicht wirklich begeistert. „Was ist das Motto?"

„Schwarzweiß." Ich drücke ihr noch einen Kuss aufs Haar und löse mich dann von ihr. „Wir haben heute deine Lieblingsbagels, also sei pünktlich."

Ich weiß, dass sie mich noch was fragen will, sehe ihr an, wie unsicher sie ist, weil der Tag anders startet als die letzten dreihundertfünfundsechzig seit unserer Hochzeit.

Aber nochmal kann ich ihr nicht die Chance geben, mich auf morgen zu vertrösten.

Es ist nach elf Uhr, als sie endlich in der Bar eintrifft.

Ja, ich war nervös in den letzten zwei Stunden, ob sie überhaupt kommt. Oder ob sie nicht kommt, weil sie Angst hat, dass ich von ihr genug habe.

So ist sie manchmal. Wenn sie unsicher wird, zieht sie sich in sich selbst zurück und es gibt kaum ein rankommen an sie. Auch das habe ich im letzten Jahr gelernt.

„Hey", begrüßt sie mich und ich drücke ihr einen flüchtigen Kuss auf die Lippen.

Die Bar ist voll, alle Plätze sind belegt, sie hat sich aber kaum umgesehen und deswegen ist ihr nicht aufgefallen, dass nur unsere Freunde hier sind, keine Fremden. Auch ihre Eltern sind hier, und meine. Sie sitzen hinten in der Ecke, wo Ella sie nicht direkt sehen konnte, als sie reinkam.

Alle sind hier, um mit uns unseren Hochzeitstag zu feiern, hoffe ich.

Doch das ist alles unwichtig, denn sie ist endlich hier. Sie trägt das weiße Sommerkleid mit den kleinen roten Blumen, das ich so an ihr liebe. Perfekt.

„Halt den mal bitte, Prinzessin." Ich drücke ihr einen Blumenstrauß in die Hand. Das ist das Signal für die anderen, ganz still zu werden.

Ich sehe, wie ihre Augen groß werden, als sie sich den Strauß genauer ansieht.

Viele weiße Margeriten, ihre Lieblingsblumen, und ein paar wenige hellrote als Farbtupfer. Wie auf ihrem Kleid.

Gott, habe ich schon erwähnt, wie sehr ich diese Frau liebe?

Als die Musik angeht und *Highway to Hell* erklingt, schießt ihr Blick wieder zu mir und ihre Augen werden noch größer, wirken unsicher.

„Ich finde immer noch, dass das der perfekte Song für uns ist", sage ich und sinke vor ihr auf ein Knie. „Ohne dich *bin* ich auf dem Weg in die Hölle. Als du in mein Leben gestolpert bist, im wahrsten Sinne des Wortes, habe ich ein Stück Himmel gefunden. Mein persönliches, kleines Stück Himmel in dir. Ella, ich liebe dich, mehr als alles andere. Ich habe nicht einen einzigen Tag unserer Ehe bereut, auch wenn es vielleicht nicht ganz fair war, wie ich dich dazu gebracht habe, mich zu heiraten."

Ich höre das Lachen der Anderen und sehe, wie sie versucht, nicht zu grinsen, wie ihre Augen langsam feucht werden.

„Aber du hast mir in dem Moment keine andere Wahl gelassen, Kleines. Und heute, an unserem ersten Hochzeitstag vor Gott, frage ich dich zum letzten Mal: Ellijonora Marie Hansen von Holthausen, willst du mir endlich die Ehre erweisen, mich von meinem Weg durch die Hölle zu erlösen und mich nicht nur vor Gott, sondern auch vor dem Gesetz zu deinem Ehemann nehmen, in guten wie in schlechten Zeiten, egal, wie sehr ich dich ärgere, weil du so süß bist, wenn du dich aufregst und egal, wie sehr du mich auf die Palme bringst, nur weil ich dann sprachlos bin und du mich auslachen kannst, so sehr du willst?"

Sie hat Tränen in den Augen und ich habe Angst.

Das ganze letzte Jahr hatte ich nicht solche Angst wie jetzt, dass sie es sich anders überlegt.

Ich weiß, dass sie nie kirchlich heiraten wollte und ich sie doch dazu gebracht habe, wenn auch über ungeplante Umwege.

Ich weiß, dass ich ihr damit die Chance genommen habe, einen anderen freiwillig kirchlich zu heiraten, wenn sie das will – weil es immer noch keine Scheidung in der Katholischen Kirche gibt.

Aber ich gebe ihr die Chance, mich nochmal zu heiraten. Richtig. Weil es richtig ist. Für uns beide.

Trotzdem habe ich Angst, dass sie diesmal entschlossen ist, nein zu sagen. Dass sie diesmal eine Entscheidung gegen mich, gegen *uns* getroffen hat. Und sich nicht erneut bis morgen Zeit nimmt, sich zu entscheiden.

Als sie einatmet, um etwas zu sagen, bleibt meine Welt stehen.

Meine Angst wird zu Panik, weil ich in ihren Augen nicht erkennen kann, was sie denkt. Zum ersten Mal nicht. Ihre Augen, die sonst jedes Gefühl und jeden Gedanken freigeben, die wirklich die Fenster zu ihrer Seele sind, sind gerade verschlossen für mich.

„Ja, verdammt, ich will dich endlich heiraten!", sagt sie dann und fällt mir weinend um den Hals.

Ich höre den Applaus der Gäste um uns herum, als ich meine Lippen auf ihre drücke und ihr den Kuss gebe, den ich ihr schon heute Morgen geben wollte.

Mit ganzem Herzen und ganzer Seele.

So wie wir beide zusammen sind. Vollkommen. Ganz.

„Hol einer den Standesbeamten, bevor sie es sich wieder anders überlegt!", rufe ich lachend, als wir unseren Kuss beendet haben.

Und wenige Augenblicke später steht er neben uns und es passiert.

Hier in meiner Bar, wo ich sie das erste Mal gesehen habe.

Hier in meiner Bar, wo ich jeden anderen Kerl vertrieben habe, der nicht zu ihr passte.

Hier in meiner Bar, wo ich vor einem Jahr beschlossen habe, dass sie keinen anderen heiraten darf, sondern verdammt nochmal zu mir gehört.

Genau hier.

ENDE.

Dankeschön

Ich danke Dir, dass Du dieses Buch – mein Erstlingswerk – gelesen hast. Und ich hoffe, dass es Dir genauso gefallen hat wie mir und den ersten Probelesern, denen ich es anvertraut habe.

Meine Damen, ich danke euch für das unendliche Lob – ohne Euch würde es das Buch heute definitiv nicht zu kaufen geben.

Danke Danke Danke !

In Viper und Ella steckt ein großes Stück Herzblut und ich hoffe, das merkt man.

Mag sein, dass ihre Geschichte nichts Besonderes ist. Und nicht sonderlich lang. Und vor allen Dingen, dass sie stellenweise und gerade zu Beginn verwirrend ist.

Aber ich liebe die beiden und das Chaos, das um sie herum herrscht. Ich kann mir Ella so wunderbar bildlich vorstellen.

Ich freue mich über ehrliche, aber faire Rezensionen.

Das Buch muss Dir nicht gefallen, aber schreib mir doch einfach, was genau Dir nicht gefallen hat. Nur so habe ich die Chance, mich zu verbessern.

Vielen Dank,

Deine Anna :)